हिन्द पॉकेट बुक्स

बया का घोंसला

लक्ष्मीनारायण लाल का जन्म 4 मार्च सन् 1927 ई० को उत्तर प्रदेश के बस्ती जिले के जलालपुर में हुआ था। उन्होंने एम०ए० तक की शिक्षा पाकर पी-एच०डी० की उपाधि भी पायी। उनका बचपन ग्रामीण परिवेश में बीता। रामलीला, नौटंकी, बिदेशिया आदि लोकनाट्य से उनका साक्षात्कार बहुत छोटी उम्र में हो गया था। फलस्वरूप उनके चिंतन एवं सृजन के मूल में भारतीय जनजीवन रहा है। उनकी जड़ें भारतीय परंपराओं में गहरे स्थित थीं। लक्ष्मीनारायण लाल हिन्दी नाटककार, एकांकीकार एवं समीक्षक होने के साथ-साथ कहानीकार एवं उपन्यासकार भी थे। वे एक सफल अभिनेता भी थे।

बया का घोंसला

लक्ष्मीनारायण लाल

हिन्द पॉकेट बुक्स
पेंगुइन रैंडम हाउस इम्प्रिंट

हिन्द पॉकेट बुक्स

यूएसए। कनाडा। यूके। आयरलैंड। ऑस्ट्रेलिया। सिंगापुर
न्यू ज़ीलैंड। भारत। दक्षिण अफ्रीका। चीन

हिन्द पॉकेट बुक्स, पेंगुइन रैंडम हाउस ग्रुप ऑफ़ कम्पनीज़ का हिस्सा है,
जिसका पता global.penguinrandomhouse.com पर मिलेगा

पेंगुइन रैंडम हाउस इंडिया प्रा. लि.,
चौथी मंजिल, कैपिटल टावर -1, एम जी रोड,
गुड़गांव 122 002, हरियाणा, भारत

पेंगुइन
रैंडम हाउस
इंडिया

प्रथम हिन्दी संस्करण हिन्द पॉकेट बुक्स द्वारा 1979 में प्रकाशित
यह हिन्दी संस्करण हिन्द पॉकेट बुक्स में पेंगुइन रैंडम हाउस द्वारा 2022 में प्रकाशित

10 9 8 7 6 5 4 3 2

इस पुस्तक में व्यक्त विचार लेखक के अपने हैं, जिनका यथासंभव तथ्यात्मक सत्यापन किया गया है, और इस संबंध में प्रकाशक एवं सहयोगी प्रकाशक किसी भी रूप में उत्तरदायी नहीं हैं।

ISBN 9789353493561

मुद्रकः रेप्रो इंडिया लिमिटेड

www.penguin.co.in

This is a legitimate digitally printed version of the book and therefore might not have certain extra finishing on the cover.

बया का घोंसला

जब उस टीले के पीछे दिन डूबने लगेगा, तब इस दूर तक फैली हुई अमराई की क्या शोभा होगी! आनंद कल्पना करने लगा, केवल पेड़ों की हरी-मुलायम चोटियां सुनहरी हो जाएंगी, फिर सूरज की अंतिम किरणें इन हरी चोटियों में इस तरह मिल जाएंगी, जैसे कोई गीतों भरी मुस्कान धीरे-धीरे लाजवंती के सुनहरे घूंघट में खो गई हो।

और टीले के उस पार?

जहां दूर तक ताड़ के वृक्ष खड़े हैं, जिनके परिपार्श्व में अरहर और ऊख की लहलहाती हुई हरी खेती है, वहां उस पार तब ऐसा लगेगा, जैसे टीले पर से कोई मस्त बांसुरी बजाता हुआ उन हरे खेतों में आकर छिप गया हो और कोई पायल बजाती हुई उसे ढूंढ़ने के लिए खेत के मेड़ों पर बेकरार चक्कर लगा रही हो। वह बांसुरी की तान, वह पायल का संगीत, दोनों आपस में मिलकर धीरे-धीरे तब ऊपर उड़ने लगेंगे, और ताड़ के शिखरों पर छा जाएंगे, फिर सुनहरे होंगे, भूरे होंगे और कुछ ही क्षणों में वे वहां से अपने सुनहरे पंख खोलकर उड़ जाएंगे।

आनंद का घोड़ा पश्चिम की ओर बढ़ रहा था। वह ऊंचा टीला,

वह घनी अमराई, वे हरे खेत और वे ताड़ के ऊंचे-ऊंचे वृक्ष सब शांत थे।

आनंद जब उनके नीचे से गुजरने लगा तब उसे एकाएक आश्चर्य हुआ। उसने सिर उठाकर देखा, ताड़ के पत्तों में बया के असंख्य घोंसले लटक रहे हैं। लेकिन ये घोंसले शांत क्यों हैं? बसेरा का समय हो गया है, फिर तिनके के इन राजमहलों के राजा-रानी कहां हैं? उनके चीं-चीं करते हुए राजकुमार कहां हैं? आनंद फिर अनुमान लगाने लगा। शायद उस टीले से उतरकर कोई विषैला सांप ताड़ के इन बृक्षों के पास आया होगा। उसने फन उठाकर अपनी जहरीली जबान कंपाई होगी और उसकी आंखों की छाया इन घोंसलों पर पड़ी होगी। फिर वे बया पंक्षी अपने इन महलों को छोड़कर यहां से उड़ गए होंगे। तिनकों के खंडहरों को हवा में झूलते हुए छोड़कर वे यहां से उड़ गए होंगे और वे उस देश चले गए होंगे जहां आज का सूरज जा रहा होगा।

"आप बहुत चुप रहते हैं सरकार! हरदम कुछ सोचते रहते हैं क्या?" घोड़े के पीछे चलते-चलते सरजू ने एकाएक पूछा।

आनंद ने पीछे मुड़कर सरजू को देखा पर वह कुछ बोला नहीं।

"ठीक है सरकार!" सरजू ने संकोच पूर्ण शब्दों में कहा, "मुझसे आप क्या बातें कर सकते हैं! मैं ज्यादा से ज्यादा गांव-घर की बेमतलब की बातें करूंगा, आप तो सरकार......"

संकोच से सरजू की वाणी रुक गई और वह कुछ क्षणों के लिए चुप रहा। लेकिन उससे इस तरह देर तक न रहा गया। उसने फिर कहा, "सरकार, बिना कुछ बोले-चाले रास्ता नहीं कटता, और सरकार, अभी रामनगर यहां से पक्के दो कोस है।"

आनंद ने घोड़े की रास में एक झटका दिया और उसने ताड़ बृक्षों की

ओर संकेत करते हुए पूछा, "उन घोसलों में पंक्षी नहीं बसते क्या सरजू ?"

"लटकते हुए उन बया के घोंसलों में सरकार!" सरजू ने बड़े मनोयोग से कहा, "बया तो बड़े मस्त पंक्षी होते हैं सरकार! एक-एक तिनका जोड़कर घर बनाते हैं, उनमें गीत गाते हैं, फिर उन्हें छोड़कर उड़ जाते हैं!"

"कहां उड़ जाते हैं?" आनंद ने बालकों की तरह पूछा।

"न जाने कहां उड़ जाते हैं सरकार!"

"फिर वे गीत किसके लिए गाते हैं?" आनंद अपनी दुश्चिंताओं से हटता हुआ जैसे विनोद का प्रयत्न करने लगा।

"मुझे क्या मालूम सरकार!"

सरजू चुप हो गया। आनंद फिर सोचने लगा, पंक्षी निर्लिप्त निराशक्त होते हैं, इसीलिए सुखी रहते हैं। वे आकाश में अधिक रहते हैं इसलिए गीत बहुत गाते हैं। और इसलिए भी गीत बहुत गाते हैं, क्योंकि उन्हें यह पता ही नहीं कि वे गीत गाते हैं।

सरजू ने एकाएक फिर टोका, "सरकार, आप फिर चुप हो गए!"

आनंद ने अपना सिर घुमाया, सरजू को देखकर वह हंसने का प्रयत्न करने लगा। लेकिन उससे हंसा न गया, और वह पश्चिम की ओर देखने लगा। सूरज डूब रहा था। उसने मुड़कर देखा, अमराई, टीला, हरे खेत, ताड़ के वृक्ष; जिनके शिखरों से सचमुच, जैसे, सुनहरे पंक्षियों के झुंड के झुंड अब उड़ने ही वाले हैं, उड़ने ही वाले हैं, उड़ रहे हैं, उड़ चुके हैं!

आनंद का घोड़ा अब तेजी से अपने रास्ते पर बढ़ने लगा। सांझ घिरती आ रही थी और उसके धुंधलके में धीरे-धीरे उसकी उदासी चारों ओर फैलती जा रही थी। दूर-दूर के गांव धुएं के परदों में ढकने लगे थे। मैदान उदास हो चले थे। हरी ऊख के खेतों से ताजी मधु की सी सुगंधि

आ रही थी और अरहर के खेतों से हरेपन में डूबी हुई धरती की सोंधी-सौंधी खुशबू चारों ओर फैल रही थी।

जूते-कमाए हुए खेतों की धरती मुलायम और साफ थी। उसमें आनंद के घोड़े की खुर बार-बार धंसती जाती थी और घोड़ा हिनहिना उठता था। वह घोड़े को संभालता और दूर किसी गांव में जलते हुए मिट्टी के चिराग को देखने लगता। परती जमीन घासों से पटी थी और उसपर चलता हुआ आनंद का घोड़ा मुंह-नाक और जबड़े की एक सांस से इतनी जोर की 'फुर्र...र' की आवाज करता था कि जिससे घास के छोटे-छोटे कीड़े-बोके, तितलियां और मेढक के बच्चे आदि बुरी तरह से डरकर भाग निकलते थे।

सीतापड़ाव पार करने के बाद आनंद का घोड़ा लकड़मंडी वाली सड़क की ओर बढ़ रहा था। गोधूलि बीत चुकी थी, लेकिन रात का अंधेरा चौथ की चांदनी के कारण आकाश से नीचे नहीं उतर सका था। सरजू अब आनंद के घोड़े के आगे-आगे चल रहा था। और आनंद को बेतरह चुप-उदास पाकर वह भी जैसे उसके समर्थन में उसी तरह चलता जा रहा था। कुछ देर के बाद वह अपने-आप कहने लगा, "क्या जमाना आ गया है सरकार!...ओ हो...हो...! इसे तो धंस जाना चाहिए! ...... रामनगर की तो हाल ही न पूछिए। अजीब कस्बा है सरकार! मैं चार साल से तहसीलदार साहब के साथ हूं, लेकिन मैं तो नह-नह पक गया। न जाने कैसे लोग हैं यहां के! न किसीका दुख जाने न दर्द, बस अपनी-अपनी घात! सरकार तो हमारे लिए अस्पताल खोलती है, लेकिन सरकार, यहां अच्छे डाक्टर क्यों नहीं आते?...यहां वह जो चड्ढा डाक्टर है। न, बड़ा अपराधी है। मेरी चले तो मैं बेइमान का गला काट दूं!"

आगे सरजू कुछ क्षणों के लिए चुप हो गया, फिर घूमकर उसने

नम्रता से पूछा, "क्या सोच रहे हैं सरकार?"

"कुछ नहीं!" आनंद ने सिर हिलाया।

कुछ दूर तक दोनों चुपचाप चलते रहे। सरजू आनंद के शांत-मौन रूप से कुछ-कुछ परिचित था। उस खामोशी के पीछे द्वन्द्व का क्या रूप है, किसकी भयानक छाया है, उसे सब पता था, इसलिए सरजू बार-बार प्रयत्न करता था कि आनंद सरकार कुछ बोलें, उनका मन कहीं और चला जाए। इसीलिए सरजू के मन में जो बात अपनी अभिव्यक्ति पाने के लिए आंधी बन रही थी, उसे वह करीने से पीता चल रहा था और वह आनंद की खामोशी को किसी और दिशा में ले जाकर तोड़ना चाहता था।

"लखनऊ तो अच्छी जगह होगी सरकार,...है न!"

आनंद ने जैसे कुछ सुना ही नहीं। वह अपने द्वन्द्व और चिंतन में इतना आत्मसात था कि, जैसे घोड़े की पीठ पर मात्र उसका शरीर बैठा था। और वह, वह स्वयं कहीं और गया हुआ कोई फैसला सुन रहा था।

उसके हाथ में घोड़े की लगाम बिल्कुल ढीली पड़ गई थी। सरजू ने देखते ही दौड़कर उसे संभाल लिया।

"सरकार सो रहे हैं क्या?"

"नहीं तो!" आनंद ने जैसे जगते हुए कहा, "क्यों, क्या हुआ?"

"जरा संभलकर लगाम पकड़े रहिए सरकार, अंधेरा है। और जानवर का मामला!"

सरजू अब आनंद के बराबर से चलने लगा। आनंद न जाने क्यों, किस बात से स्वयं अपने-आपपर झुझला उठा।

"कुछ बात करो सरजू!" आनंद से उदासी से कहा।

"मैं तो सरकार करता ही चला आ रहा हूँ," उसने असीम प्रसन्नता

से कहा, "लेकिन आप तो सरकार...!"

"मेरी छोड़ो, कुछ अपनी कहो!" आनंद ने मुस्कराकर कहा। सरजू का मन संतुष्ट हुआ, उसने तत्काल पूछा, "सरकार, लखनऊ में आपका ननिहाल है न!"

"उसे मेरा घर कहो सरजू!" आनंद ने कहा, "माताजी के देहांत के बाद, नानाजी मुझे गोंडा से लखनऊ—अपने पास लें गए और उन्होंने बच्चे के रूप से मुझे वहां इस रूप में बनाया।" यह कहकर आनंद रुक गया और जल्दी से उसने पूछा, "रामनगर अभी बहुत दूर है क्या?"

सरजू ने उत्साह से उत्तर दिया, "नहीं तो सरकार! बिल्कुल पहुंच गए। सामने देखिए, वह चंदाताल है न! और वह लकड़मड़ी वाली सड़क है। बस, अब तो रामनगर दो ही मील रह गया सरकार!"

दीनूटोला पार करते ही आनंद का घोड़ा लकड़मंडी वाली सड़क पर आ गया। सरजू ने विश्राम की एक लम्बी सांस ली और अपने आपसे उसने कहा, "अपने राम तो एक बीरा सुरती खाएंगे।" यह कहकर वह हथेली में कच्ची सुरती बनाने लगा और आनंद की ओर आंख नचाकर कहने लगा, "सरकार! आप तो कुछ खाते-पीते ही नहीं, पान तक नहीं खाते!"

आनंद सरजू की बातों की ओर बिल्कुल ध्यान नहीं दे रहा था। उसका घोड़ा सड़क से बढ़ रहा था। वह सड़क से बाईं ओर देखता हुआ और सोचने लगा था। वह चंदाताल कितना लम्बा चौड़ा है! उसके फैलाव में जैसे कोई संकोच नहीं है, लेकिन फिर भी वह कितना सूना-उदास है! लखनऊ शहर के किनारे अगर वही तालाब होता तो उसकी कितनी अपार पूजा होती! उसके किनारे लखनऊ का नैनीताल बसता, या उससे बिजली तैयार की जाती। लेकिन इस सड़क के किनारे पड़ा हुआ चंदाताल कितना गरीब हैं!

ठीक उसी समय तालाब से सारस का जोड़ा बोल उठा—'क्रों... क्रों...क्रुं...क्रुं।' क्यों, क्यों? क्या...क्या? सारस की बोली में, जैसे ये प्रश्न, ये विरोध तालाब से फैलते हुए आनंद के पास आए और उसके चिंतन की दिशा बदल गए और आनंद का भावुक मन सोचने लगा, चंदाताल अपने में धनी है। मनुष्य जब उसमें हाथ लगाएगा, तब वह गरीब अवश्य हो जाएगा। तब न उसमें जंगली घास, न जलकुंभी, न सैवाल होगा, फिर उसमें इतनी मछलियां न होंगी। उसमें कमल के फूल और कुमुदिनी की ढोढ़ियां न होंगी। क्योंकि मनुष्य वहां विहार करने लगेगा और जब वहां मनुष्य की कोठियां होंगी, तब वहां तालाब के पंछी न होंगे—मुर्ग, तीतर, सुर्खाब, सैनाह, बत्त, कौआरी, लालसर और सारस के जोड़े न होंगे। तब तालाब के इन पंक्षियों को भी उसी देश उड़ जाना होगा जहां ताड़-वृक्ष के वे बया पंक्षी उड़ गए होंगे।

आनंद अपने-आपमें उलझा हुआ, चुप निश्चेष्ट चल रहा था। सरजू कोई बात अवश्य करता चल रहा था, लेकिन आनंद का ध्यान उधर बिल्कुल न था। उसका मन अब सूनी सड़क के दोनों ओर फैले हुए हरे मैदान के विस्तार पर बहुत तेजी से दौड़ रहा था। ये हरे खेत, यह अछूती-कुंआरी धरती, ये जोते हुए खेत, ये काले-काले गांव, यह झुका हुआ आकाश और यह शून्य, जिसे भेदता हुआ उसका घोड़ा चला जा रहा था, भागता जा रहा था और आनंद अपने अंतःक्षितिज में देखता जा रहा था। यह रामनगर है, एक छोटा-सा कस्बा। यह तहसीलदार, कामताप्रसादजी हैं, मेरे पिता। यह उनकी हवेली है। यह मैदान-सा चौड़ा आंगन, और यहां प्रभा माताजी रोते हुए नन्हे को अपनी गोद में लिए हुए पलंग पर लेटी हैं। नन्हा सो नहीं रहा है और प्रभा जी उसे सुलाने के प्रयत्न में हैं। बरामदे में गीता तस्वीरों से भरी हुई कोई किताब उलट-पुलटकर देख रही है। उसकी घुंघराली अलकें बार-बार उसके मुंह तक

आ जाती हैं और वह हर दो क्षणों के बाद अपने सिर को इतनी तेजी से ऊपर झटकती है कि बहकी हुई अलकें अनायास कुछ क्षणों के लिए उसके सिर के घुंघराले बालों से सिमट जाती हैं। चौके में एक ओर रत्ती बैठी हुई आटा गूंथ रही है और दूसरी ओर आग के सामने विधवा पारो बुआ बैठी खाना बना रही है। बुआ पसीने से तर है और वह बार-बार अपने सूने-सफेद आंचल से मुंह के पसीने को पोंछती हुई सोच रही है, हाय! अब तक नन्दू नहीं आया! चौके से उठती है और बाहर दरवाजे पर आकर सामने सड़क की ओर देखने लगती है, नन्दू अभी नहीं आया। दरवाजे पर छप्पर की बारहदरी में तहसीलदार साहब बैठे हैं। सामने फर्शी ताव पर है। उनके चारों ओर लोगों की एक भीड़ बैठी है। तहसीलदार साहब हंस रहे हैं, बातें भी कर रहे हैं और बीच-बीच में वे फर्शी की नली से कस भी लेते जा रहे हैं और यह दबे-पांव सुभागी आ रही है, नीचे देखती हुई। धीरे से घर में चली जा रही है। लेकिन क्यों जा रही है?

सुभागी की याद आते ही आनंद की आंखों में जैसे कुछ कांप गया। उसे लगा कि उस खुले मैदान में भी उसका दम घुटने लगा हो। जिस बात से वह अपने अन्तर्मन में लड़ता हुआ गौर स्टेशन से यहां तक चला आया, वह बात, वह सुभागी का व्यक्तित्व, उसकी पूरी करुणा, जैसे उस क्षण एकीकृत होकर एक ऐसी आंधी बन गई, जो आनंद के अन्तःक्षितिज से उठकर एकाएक उसके समूचे व्यक्तित्व पर छा गई हो। आनंद घोड़े पर चलता हुआ दूर देखने लगा कि वह आंधी है, कितनी धूल उड़ रही है। धूल में पलास-सेमर के टूटते हुए फूल उड़ रहे हैं। और उस खूंखार आंधी के बीच खड़ी है सुभागी। वह रो-चीख नहीं रही है, खड़ी है, बायें हाथ से उसने अपने समूचे मुंह को ढक लिया है। उसकी आंखें बंद हैं और उसका दायां हाथ आंधी में सामने फैला-तना हुआ है और वह हाथ जैसे किसीको पुकार रहा है।

आनंद ने घबड़ाकर सहसा पूछा, "सुभागी कैसे है सरजू ?"

आनंद घोड़ा रोके खड़ा हो गया। चांदनी में स्पष्ट दीख रहा था कि उसका ललाट पसीने से तर है और उसकी सांसें इस तरह तनी हुई चल रही हैं, जैसे वह न जाने कितनी दूर से भाग चला रहा है। सरजू घबड़ा गया। लेकिन साहस बटोरकर उसने कहा, "सरकार...!"

फिर कुछ क्षणों तक सरजू मौन रहा और आनंद की सांसों में बेचैनी बढ़ रही थी।

"सुभागी कुशल से है न?" आनंद ने फिर घबड़ाहट से पूछा।

"कुशल क्या सरकार!" सरजू ने बताया, "आज पन्द्रह दिन हुए, उसके पति रामानंद का स्वर्गवास हो गया!"

"स्वर्गवास! रामानंद मर गया!!" आनंद उसी जगह स्थिर हो गया। धीरे-धीरे उसकी फूलती हुई सांसों में जैसे बर्फीली हवा टकराने लगी हो और उसके अन्तर्मन की आंधी जैसे, वर्षा की तूफानी रात बन गई हो। वह अपने-आप में ठिठुरने लगा। तभी सरजू ने बताया कि आज पांच दिन हुए, सुभागी रामनगर को छोड़कर अपने गांव सिकन्दरपुर चली गई।

दो

आनंद जब रामनगर पहुंचा, उस समय रात के दस बज रहे थे। कातिक के दिन थे। कस्बे के अधिकांश लोग अपने-अपने घरों में सो गए थे। कामताप्रसाद अपने कमरे में खाना खा रहे थे। उनकी पत्नी प्रभा उनके पास बैठी थी। नन्हा और गीता दूसरे कमरे में सो चुके थे। पारो

बुआ अभी चौके की दालान में, फर्श पर बैठी थी और रत्ती से बातें कर रही थी।

आनंद ने दरवाजे से जब घर में प्रवेश किया तब उसे लगा कि सब लोग सो गए हैं। उसने बुआ को पुकारते ही देखा कि वह स्वयं दौड़ी हुई उसीकी ओर आ रही थी। रत्ती ने सब सामान संभाला और आनंद के लिए कुर्सी लाकर वह तेजी से तहसीलदार साहब के कमरे की ओर बढ़ गई।

प्रभा कामताप्रसाद के कमरे से निकलकर उस समय आनंद के पास आई जब वह चाय पी चुका था। मां को देखते ही उसने अभिवादन किया और फिर उसने बरामदे को पार कर, कमरे के दरवाजे से ही पिताजी को नमस्कार किया। वे खाना समाप्त करके पलंग पर लेटे थे। उसी स्थिति में उन्होंने आनंद का नमस्कार स्वीकार किया, लेकिन एक-दूसरे की यह इच्छा न हुई कि वे पास आएं, चाहे पिता पुत्र के पास, अथवा पुत्र पिता के पास। यद्यपि दरवाजा बिल्कुल खुला था, उसपर केवल एक महीन कपड़े का पर्दा पड़ा हुआ था, लेकिन उस खुले हुए दरवाजे पर आनंद के लिए एक ऐसी अदृश्य-अभेद्य दीवार खड़ी थी, जिसे वह कभी नहीं पार कर सकता था, उसे छू तक नहीं सकता था। इस तरह, उस दीवार के पीछे उसके पिता का वह कमरा था, जिसमें वह आराम कर रहे थे और दीवार के सामने आनंद, उनका बेटा खड़ा था।

पत्थर की चौकी पर रत्ती आनंद के हाथ-पैर धुला रही थी। रत्ती चुप-उदास थी। आनंद को उस सूने आंगन में ऐसा लग रहा था, जैसे उसकी दीवारों से कोई लगा हुआ धीरे-धीरे रो रहा हो।

“सुभागी अब रामनगर में नहीं है रत्ती!” आनंद ने उदास स्वर में पूछा।

“नहीं बाबू! वह तो अपने गांव चली गई,” रत्ती की उदासी भंग हुई और वह बताने लगी, “उसका पति रामानंद मर गया। वह रोती-रोती

पागल हो गई बाबू! फिर उसके गांव, सिकन्दरपुर के लोग आए और उसे जबरन गांव वापस ले गए।"

चौके से सहसा बुआ की आवाज आई। खाना ठंडा हो रहा था। आनंद आंगन से चौके में आया और भोजन करने लगा।

"तू इतना उदास क्यों है भेया?" बुआ ने पूछा।

"मैं...नहीं तो।"

"नहीं क्या।" बुआ ने कहा, "उदास तो है, लेकिन भर पेट खाना खा लेना। मैं आज सुबह से तेरी बाट जोह रही थी।

आनंद चुपचाप खाना खा रहा था। उसकी दृष्टि नीचे ही थी। बुआ ने फिर पूछा, "क्या सोच रहे हो भैया?"

"कुछ तो नहीं।"

क्षण भर में आनंद ने भोजन समाप्त कर दिया और वह चौके से उठकर आंगन में चौकी के पास चला आया। रत्ती लोटे में पानी लिए खड़ी थी। आनंद को कुल्ला कराते हुए रत्ती ने फिर धीरे-धीरे बताया, "बाबू! सुभागी आपको बहुत याद कर रही थी। मैं जितना ही उसे समझाती थी उतना ही वह रोती थी। बाबू! जब वह रामनगर छोड़ रही थी तब उसकी बड़ी बुरी हालत थी। यहां के सब लोग उसे 'थू-थू' कर रहे थे। तहसीलदार साहब ने हुक्म दे रखा था कि वह चौबीस घंटे के अंदर रामनगर छोड़ दे। जिस सुबह वह रामनगर छोड़ने वाली थी, उस रात को मैं छिपकर उसके पास गई थी, वह न जाने कितनी देर तक मुझसे लिपटकर रोई थी। बस, आपको याद करके मुझसे पूछती थी, 'मेरे बाबू कब आएंगे रत्ती? तू उनसे बता देना कि अब सुभागी भी मर जाएगी।"

सहसा आनंद रत्ती के पास से दूर हट गया। वह बरामदे को तेजी से पार करता हुआ दरवाजे की ओर बढ़ा और बाहर आ गया। उसका मस्तिष्क कह रहा था कि वह बाहर खुली हवा में टहले और वह किसीसे

बात न करे, न रत्ती से, न पारो बुआ से, न सरजू से और वह अपना मुंह भी किसीको न दिखाए। वह टहलता-टहलता अपने-आपको इतना थका दे कि वह यहीं नंगी जमीन पर गिर पड़े और सो जाए। लेकिन उसका मन कह रहा था कि वह पारो बुआ के पास बैठे, रत्ती को बुला ले, सरजू को पास खड़ा कर ले और वह सुभागी की एक-एक बात सुने—रामानंद उसके पति का वह मर्ज, उसकी दशा, उसकी मृत्यु, उसका विवरण, सुभागी की करुणा, तहसीलदार साहब का दृष्टिकोण, उनके सारे पैंतरे और रुख, सुभागी का रामनगर छोड़ना और उसके एक-एक आंसू का विवरण जो उसने यहां गिराया होगा। दोनों विरोधी भावनाएं एक-एक करके उसके व्यक्तित्व को चिंतन की भंवर में डुबा जाती थीं और वह स्पष्ट रूप से कुछ तय नहीं कर पा रहा था कि वह सुने, सोचे, बातें करे अथवा एकाकी टहले, बैठे या सो जाए, या कहीं छिप जाए !

बुआ ने दरवाजे से पुकारते हुए कहा, "भइया, रात अधिक बीत गई है, आओ सो जाओ।"

लेकिन आनंद बारहदरी के सामने घास के मैदान में खड़ा रहा। बुआ पास आई और वह आनंद के दायें हाथ को पकड़कर घर में ले जाने के लिए आतुर हो गई।

भीतर बरामदे में एक ओर पारो बुआ, दूसरी ओर आनंद दोनों अपने-अपने पलंग पर लेटे थे। रत्ती आंगन में बर्तन मल चुकी थी और चौकी पर अपने हाथ-पैर धो रही थी। आनंद बिस्तरे पर पड़ा हुआ रत्ती को देख रहा था, जिसकी छाया आंगन की दीवार पर पड़ रही थी।

रत्ती जब आंगन से बरामदे में आई और अपनी खाट पर आने के पहले उसने चिराग बुझाया, तब आनंद आंगन के अंधकार में एक डोलती हुई छाया देखने लगा। छाया दीवार से नहीं, बल्कि जमीन से लगी हुई आंगन में डोल रही थी। वह छाया लंगड़ा-लंगड़ा कर चल रही

थी और धीरे-धीरे कराह रही थी। उसी समय आनंद ने अंधकार में देखा, एक दूसरी छाया दीवार से सरकती हुई आंगन में उतरी है। उसके हाथ में बांस की एक छड़ी है। वह छाया बांस की उस छड़ी को लंगड़ाती हुई छाया के हाथ में पकड़ा देती है और स्वयं उसे सहारा देती हुई आंगन में चक्कर लगाती रहती है।

सहसा बुआ ने पूछा, "नींद नहीं आ रही है भइया!"

"आ जाएगी!"

"तुम थक गए हो इसी वजह से; रुको मैं तुम्हारे सिर पर तेल रखती हूं।" यह कहते हुए बुआ उठी और तेल की शीशी लिए हुए आनंद के सिरहाने बैठ गई। आनंद बुआ को मना करना चाहता था लेकिन बुआ के स्नेह, उसकी मातृत्व गरिमा के सामने वह सदा अपने को एक शिशु की भांति पाता था, अतः उसकी हिम्मत न हुई कि वह बुआ के प्रस्ताव का विरोध करे।

बुआ चुपचाप आनंद के सिर पर तेल लगा रही थी। और आनंद पलकें मूंदे हुए भी, भीतर आंखें खोले हुए था। पलकें पारो बुआ को दिखाने के लिए मुंदी थी, जिससे उसे सांत्वना मिले कि उसका नन्दू सो रहा है। लेकिन उसकी आंखें भीतर इसलिए खुली थीं, क्योंकि उनमें वही आंगन की दोनों छाया डोल रही थीं।

आधा घंटा बीत गया, पारो बुआ उसी तरह आनंद के सिर पर तेल लगा रही थी। उसे पूर्ण विश्वास हो गया था कि नन्दू अब सो गया। लेकिन आनंद की दशा अजीब हो रही थी। सिर के तेल की ठंडक और मालिश की धीमी-धीमी ऊष्णता, उसकी पलकों पर नींद बन कर छा जाना चाहती थी और उसकी पलकें भारी हो रही थीं। लेकिन दूसरी ओर उसकी आंखों में जैसे, कड़ुआ धुआं भर रहा था। उसे लग रहा था, जैसे, वह सोया नहीं है, दौड़ रहा है। बहुत तेजी से दौड़ता हुआ किसी मरुस्थल

को पार कर लेना चाहता है, लेकिन वह मरु की आंधी में फंस गया है और रेत के कणों से उसकी आंखें पटती जा रही हैं। इस तरह पलकों में नींद की कड़ुआहट और आंखों की पुतलियों में रेत के धुएं से आनंद बेचैन हो रहा था।

"तुम सो जाओ बुआ, मुझे लगता है, आज नींद नहीं आएगी!" आनंद के सत्य ने उसे स्पष्ट कहने को विवश कर दिया, "मैं चाहता हूं बुआ कि तुम सो जाओ!"

"फिर मुझे कैसे नींद आ सकती है!" बुआ ने मालिश करते हुए कहा।

"तो कोई बात ही करो बुआ," आनंद ने करवट बदलते हुए कहा, "तब शायद मुझे नींद भी आ जाए!"

बुआ सब बातें समझ रही थी। उसे यह पता था कि आनंद को क्या हुआ, आते ही वह किस गोली से घायल हो गया। वह क्यों उदास है? उसे नींद क्यों नहीं आ रही है? और वह मुझसे क्या बातें करना चाहता है; बुआ सोच रही थी, आनंद जिन बातों में पड़ा है, जिसे सोच रहा है। जिसे वह मुझसे सुनना चाहता है, बातें करना चाहता है, उनमें कहीं नींद नहीं है। उसमें आग है, धुआं है, विष है। लेकिन मुझे आनंद को सत्य का दर्शन तो कराना ही होगा, आज नहीं तो कल, कल नहीं तो परसों। और आने वाले कल में खतरा भी तो खड़ा हो सकता है। कल सत्य को झूठ में। छिपाकर, अथवा सत्य को झूठ बनाकर न कोई आनंद से कह दे। बड़ा-सा कस्बा है, भइया यहां के तहसीलदार हैं। उनके साथ हित-दोस्त-दुश्मन सब तरह के आदमी हैं। नन्दू के भोले मस्तिष्क में कोई और तरह का जहर घोल सकता है। लेकिन तब आनंद की नींद? बुआ सोचते-सोचते यहां रुक गई। उसी समय आनंद ने बच्चों की भांति पूछा, "बुआ, सुभागी का क्या हुआ? रामानंद कैसे मर गया?"

पारो बुआ बड़ी देर तक चुपचाप आनंद के बालों में उंगलियां फेरती रही फिर एक क्षीण स्वर में उसने बताना शुरू किया, "यहां से उस बार, तुम्हारे लखनऊ चले जाने के बाद से ही सुभागी ने हवेली में आना, जाना छोड़ दिया। उसी बीच, एक दिन रामानंद की हालत खराब हो गई, उसके हाथ-पांव ठंडे हो चले। शाम को तहसीलदार भइया को यह खबर मिली, वे स्वयं दौड़े हुए उसे देखने गए। फौरन डाक्टर चड्ढा को बुलवाया, सूइयां दिलवाईं और वहां चड्ढा की डियुटी लगा दी। रामानंद की जान बच गई और दो दिनों में वह फिर अपनी हालत पर आ गया। इसके बाद से, सुभागी हवेली में कभी-कभी आने-जाने लगी। पता नहीं, एक दिन क्यों, प्रभा भाभी ने सुभागी को बहुत गालियां दीं, उसे कलंक तक लगाया। उसी क्षण से सुभागी ने फिर यहां आना-जाना एकदम छोड़ दिया। यद्यपि उस रात को तहसीलदार भइया ने प्रभा भाभी को उसी बेंत से दो बेंत मारा था और वे स्वयं सुभागी से माफी मांगने उसके घर तक गए थे।"

"तब, क्या हुआ? फिर क्या हुआ?"...आनंद उठ बैठा।

"फिर हवेली में बुलाने के लिए, उन्होंने बहुत कहा, मुझे भेजा, रत्ती को बार-बार भेजा, लेकिन वह न आई। हार कर एक दिन ये स्वयं सुभागी को बुलाने गए। बहुत समझाया, अंत में उसे धमकाया भी। लेकिन वह अपने संकल्प पर अटल थी, उसने साफ कह दिया, 'मेरा घर है, मेरा पति है, घर का मैं हर महीने किराया देती हूं, अपने पति की मैं सुहागन हूं; फिर मुझे किसी से क्यों डर? इससे भी बुरा मेरा क्या कर लेगा कोई! तहसीलदार भइया लौट आए!"

यह कहते-कहते बुआ की वाणी एकाएक रुक गई। कुछ क्षणों के बाद उसने जल्दी से कहा, "संयोगवश उसके तीसरे ही दिन रामानंद मर गया!"

"कैसे, क्यों मर गया?" आनंद उठता हुआ, बच्चों की तरह मचल पड़ा।

"भइया, कई तरह की लोग बातें करते हैं," बुआ ने करुणा के स्वर में कहा, "सुभागी कहती थी कि रामानंद की दवा में जहर मिलाया गया था, जिसे पीते ही वह छटपटा कर मर गया। तहसीलदार भइया और डाक्टर चड्ढा ये दोनों कहते थे कि सुभागी ने स्वयं उसे जहर दिया। और भी तरह-तरह की बातें हैं, लेकिन सच्चाई यह है भइया, कि रामानंद अपने कोढ़ के मर्ज से इतना घबड़ा गया था कि वह स्वयं जहर खाकर मर गया!"

"स्वयं जहर खा कर मर गया?" आनंद ने जैसे स्वयं, अपने से पूछा।

"हां, मेरी मानो भइया! सच्च, यही बात! और तुम किसी की न मानो!"

आनंद दीवार के सहारे खड़ा था। पारो बुआ खाट पर बैठी थी। वह पूछता जा रहा था, वह बताती जा रही थी।

सुभागी ने रामानंद के शव को किसी से न छुलाया। ट्रक पर उसे रखवा कर वह अयोध्याघाट गई। स्वयं उसने अंतिम क्रिया की। यहां उसने यथाशक्ति सब अंतिम उपचार किए। तहसीलदार भइया ने उसे फिर बहुत समझाया, हवेली में रखने के लिए अनेक प्रयत्न किए। उसे पढ़ने के लिए सलाह दी। यहां की कन्या पाठशाला में उसे नौकरी दिलाने लगे। लेकिन वह अपने घर में बंद, सिवा रोने के और उसे कुछ नहीं सूझता था। तहसीलदार भइया अंत में बहुत बिगड़े और जब वे पूर्ण निराश हो गए, तब उन्होंने हुक्म दे दिया कि सुभागी चौबीस घंटे के अंदर रामनगर छोड़ दे। सिकन्दरपुर के आदमियों को उन्होंने बुलाया और सुभागी जबरन यहां से घसीट ले जाई गई।

रात काफी बीत चुकी थी। आनंद निश्चेष्ट अपने बिस्तरे पर पड़ा था।

आंगन में, वह देख रहा था, वे दोनों काली छाया अब तक डोल रही थीं। एक छाया लंगड़ी थी, दूसरी छाया उसे सहारा दे रही थी। आनंद आंगन के अंधकार में अपलक देख रहा था। रात बीतती जा रही थीं। पारो बुआ भी सो गई, सब सो गए, पूरा रामनगर कस्बा सो रहा था। लेकिन आनंद जग रहा था, उसकी कोई भी वृत्ति नहीं सो सकी थी, सब वृत्तियां सचेत जग रही थीं। उसके अतक्षितिज में हवेली का वह आंगन फैला था और उस आंगन में वे डोलती हुई दोनों छाया थीं। एकाएक आनंद को लगा, जैसे मनुष्यों की एक अपार भीड़ शोर करती हुई, चिल्लाती हुई आंगन को घेर रही है। वे दोनों छाया भागने के लिए रास्ता ढूंढ़ती हैं! लंगड़ी छाया डर कर जमीन पर गिर पड़ती है और उसे मनुष्यों की भीड़ कीड़े की तरह कुचल देती है। दूसरी छाया भाग निकलती है, लोग उसका पीछा करते हैं और वह भागती जाती है, भागती जाती है।

तीन

कस्बा रामनगर धनुषाकार बसा था। सड़क को आधार बनाकर उसका दक्षिणी सिरा आरंभ होता था और पश्चिम में अर्द्धवृत्ताकार फैलकर उसका सिरा घूमता हुआ सड़क के उत्तरी छोर पर समाप्त होता था। आबादी से दक्षिण-ओर की भूमि कछार थी। और यह कछारा भूमि पक्के चार सौ बीघे के क्षेत्रफुल में फैली हुई थी। इसमें तीन छोटे-छोटे ताल और एक नाला था, बाकी जमीन में जड़हन की इतनी उम्दा पैदावार होती थी कि अगर इसमें सरजू की बाढ़ न आए अथवा एकदम सूखा न पड़ जाये, तो इस कछार की एक पैदावार से

पूरे वर्ष रामनगर की जनता जी सकती थी। दोनों तालों में सैकड़ों मन सिंघारा होता था, सैकड़ों मन मछलियां होती थीं और ताल के सूखने पर उसमें कवल-गट्टे और भंसीड़ (कमल की जड़) की पैदावार होती थी। नाले में तीन चावल की पैदावार होती थी और नाले के सूखने पर उसके कीचड़ में मनों गिर ई और मंगुरी मछलियां मिलती थीं। यही कारण था कि रामनगर कस्बे के दक्षिणी सिरे पर, पूरब से लेकर पश्चिम छोर तक मुख्यतः कुरमी, अहीर, माझी और चमारों की बस्ती थी। इस ओर खास सड़क पर ताड़ी की दो दुकानें थीं और उनसे परे शराब की भी एक ठेके की दुकान थी। इसी के पास सड़क पर इक्के और तांगे का अड्डा था। यहां चार मिठाई की दुकान और सात पान वालों की दुकानें थीं।

कस्बे की आबादी से उत्तर की ओर भूमि परती थी और एक बहुत लम्बा-चौड़ा आम का बाग कस्बे के पश्चिम छोर से पूरब तक फैला था। बाग का फैलाव सड़क तक आकर नहीं समाप्त हुआ था, बल्कि सड़क से पूरब तक भी इसका विस्तार था। कस्बे के इस दक्षिणी सिरे पर राजा बांसी की कोट थी और उन्हींके द्वारा संचालित कोट के पास ही एक दुर्गा का मंदिर, एक धर्मशाला, एक गोशाला और एक संस्कृत पाठशाला थी। इसी सिरे पर, सड़क से पूरब, बाग के दक्षिणी छोर में हफ्ते में हर शनिवार के दिन बैलों का एक बड़ा बाजार लगता था, जिसमें गोंडा, बहराइच और नानपारा तक के बैल बिकने आते थे।

सड़क से सीधे पश्चिम, कस्बे में एक सड़क जाती थी और इसी सड़क के दोनों ओर कस्बे की आत्मा बस्ती थी। साहूकार, बनिया, छोपी, कुन्दीगर, बरतन वाले, ठठेर, सुनार, दर्जी, हलवाई बजाज आदि सब तरह के कारोबारी और व्यवसायी की दुकानें और घर दोनों थे। इसी सड़क पर दायीं ओर, प्राइमरी स्कूल और डाकखाना

था, और उससे आगे चलकर सड़क की बायीं ओर लड़कियों की पाठशाला थी, जिसका नाम था 'सेठ हीरालाल, ननको देवी कन्या पाठशाला।' इसी सड़क पर दायीं ओर एक गली में औरतों का एक छोटा-सा अस्पताल भी था, जिसे एक 'मिडवाइफ' अपने बूते पर चला रही थी और पूरे कस्बे के अच्छे परिवारों-घरों में उसकी इज्जत और पहुंच थी।

मूल सड़क से पूरब की ओर रामनगर की तहसील थी। तहसील काफी लम्बी-चौड़ी बनी थी। उससे कुछ हट कर तहसीलदार साहब की पक्की हवेली थी। फूल-पौधों और तरकारियों से भरा हुआ उनका एक बागीचा था। उसके पास ही एक कच्चे-से मकान में उनके गाय-भैंस की धारी थी। उससे मिला हुआ ही उनके घोड़े का अस्तबल था और वहीं सरजू का क्वार्टर भी।

तहसीलदार साहब, कामताप्रसाद जी को रामनगर तहसील में रहते हुए सात वर्ष बीत गए थे। ये सन् पैंतालिस में खलीलाबाद तहसील से बदलकर यहां आए और तब से ये यहां के तहसीलदार थे। पिछले सात वर्षों से पूरी तहसील, पूरा इलाका और इसके खास-खास गांवों तक में इनकी धाक जम गई और बहुत यश भी इन्हें मिला। रामनगर के दक्षिण कछार में इनकी भी पक्के बीस बीघे जड़हन की खेती थी, जिसे इन्हें न जोतना पड़ता था, न बोना, न काटना, बस अगहन में बीस बीघे जड़हन की पैदावार इन्हें आराम से मिल जाती थी।

कामताप्रसाद की अवस्था पैतालिस वर्ष की हो चली थी। इन्होंने तै कर लिया था कि जिंदगी के शेष दिन इसी रामनगर में काटेंगे। पेंसन लेकर यहीं एक मकान बनवाकर ये अपना शेष जीवन व्यतीत करने का स्वर्णिम स्वप्न देखते थे और उसको सबल पृष्ठभूमि इन्होंने यहां बना रखी थी और दिन-रात उसको सबलतर बनाने की चेष्टा में रहते थे।

इनकी हवेली से दक्षिण, कांजी हाउस था, और पास ही वहां के मुंशी का क्वार्टर था। उस से लगा हुआ ही डिस्ट्रिक बोर्ड का अस्पताल था और पास ही जानवरों का भी अस्पताल अभी पिछले ही महीने खुला था, लेकिन अभी तक उसके लिए कोई डाक्टर नहीं आ सका था। पास ही एक नया-नया मिडिल स्कूल खुला था, जिसमें अंग्रेजी की भी पढ़ाई आरंभ हुई थी।

सड़क पर मूलतः मिठाई, पान, बीड़ी, भूंजा, सत्तू की दुकानें थीं। इनके अतिरिक्त एक पवित्र-भोजनालय भी अभी हाल ही में खुला था और इससे दूर मुसलमानों की दो चाय की दुकानें थीं, जिनमें चाय के अलावा गोश्त-रोटी भी मिल सकती थी।

इस तरह रामनगर एक ऐसी जगह थी, जो शहर और गांव के बीच का एक सुन्दर रूप था। इसमें शहरियत भी थी, राजापन और जमींदारी की भी बू थी। इसके अतिरिक्त इसमें किसान, मजदूर, कर्मचारी और विभिन्न पेशे वालों का कोई न कोई रूप अवश्य था। यहां का प्रातःकाल गांव का सा होता था, दोपहर छोटे से शहर का सा, मध्याह्न धूल से पट जाता और इसका रूप गांव के एक अच्छे मेले की भांति हो जाता था।

और संध्या!

यहां की संध्या एक अजीब तरह की होती थी, उदासी-थकान, फिर भी चहल-पहल और आनंद-विहार की गति का एक अद्भुत समन्वय लिए हुए। धूल शांत हो जाती थी, कस्बे की सड़क का मेला थम जाता था, और इस शांत थमाव के ऊपर कस्बे का धुआं सारे वातावरण को उदास कर देता था और ऐसी संध्या में कहीं बैट्री के रेडियो बोलते थे, कहीं ग्रामोफोन के रिकार्ड और कहीं हंसी और कहकहे। शाम जब बूढ़ी होने लगती थी, तब कस्बे का धुआं धीरे-धीरे दक्षिण की ओर कछार में

फैल जाता था और धुएं का एक पतला महीन बादल उसकी धरती के ऊपर तन जाता था। फिर उसके नीचे कछार के ताल और नाले में रहती हुई मेढकी, ताल की चिड़ियां इस तरह धीरे-धीरे बोलने लगती थीं, जैसे अभी वे धुएं के बादल वहां बरसने लगेंगे।

आनंद को रामनगर की यही शाम बेहद पसंद थी। वह सुबह आठ बजे सो कर उठा और फिर पूरा दिन वह कमरे में लेटा ही रहा। पारो बुआ के बहुत कहने पर वह शाम के पांच बजे हवेली से बाहर निकला और धीरे-धीरे टहलता हुआ सड़क पर गया। सड़क पर आते-आते उसे बीसों आदमियों ने सलाम बजाया। क्योंकि आनंद, कामता प्रसाद जी तहसीलदार का लड़का था, उसकी धाक वहां सब पर थी। विशेषकर सड़क के सारे दुकानदारों, खुंचावालों और तांगे-इक्का वालों पर।

यद्यपि आनंद को वह अनपेक्षित गुरुता बिल्कुल नहीं पसंद थी, इसलिए वह कभी कभी उन सबसे अपनी राह काटता था, उन से अपनी आंखें बचाता था, जो अत्यंत अनावश्यक रूप से उसे अपनी लघुता, हीनता दिखाकर सलाम बजाते थे। इसका एक परिणाम यह भी हुआ था कि आनंद का इस वर्ग से कोई सम्पर्क या जान-पहचान न थी। उस सड़क पर उसका परिचय केवल दो व्यक्तिों से था, एक बिपती नाम की बुढ़िया तमोलिन और खुदाबक्स नाम के इत्रफरोश से।

सड़क पर आकर आनंद खुदाबक्स की छोटी-सी दुकान की ओर बढ़ने लगा। एकाएक पीछे से दो व्यक्तियों की पुकार आई। आनंद ने घूम कर देखा, उनमें से एक मुंशी रामहरख लाल थे, कांजी हाउस के मुंशी और दूसरे थे पं० गिरजादयाल जी, डाकखाने के मुंशी। आनंद ने उन्हें नमस्ते किया और वे दोनों पास आ गए।

रामहरख लाल, जिनके मुंह में बुरी तरह से पान ठुसा था, गड़गड़ाती हुई जबान से उन्होंने कहा, "कहिए, कहिए आनंद बाबू! कब अना

हुआ?" आनंद उनको उत्तर भी न दे पाया कि उसी बीच में गिरजादयाल जी बोलने के पहले इतनी जोर से हकलाए कि उनके मुंह में भरी हुई पान की पीक का एक कुल्ला उनके रेशमी कुर्ते पर आ पड़ा, और वे इस पर भी इतनी जोर से हंसे कि जिससे उनके मुंह के छींटे हवा में उड़ने लगे। उन्होंने कुर्ते को, अपनी धोती के छोर से पोंछते हुआ कहा :

"क...क...क कहिए आनंद बाबू, क्या हाल-चाल हैं?"

"सब ठीक ही है!" आनंद ने मुस्कराते हुए उत्तर दिया।

"य...य...यहां त... तो बड़ी भारी...घ...घटना हो गई," गिरजादयाल ने पान की पीक को थूकते हुए कहा, "आपकी सुभागी त...त...तो चली गई यहां से...।"

आनंद बिना कुछ बोले हुए आगे बढ़ने लगा, खुदाबक्स की दुकान की ओर नहीं, बल्कि सीधी सड़क से दक्षिण की ओर।

"टहलने जा रहे हैं आनंद बाबू?" रामहरख लाल ने पूछा।

"हां, सोच तो रहा हूं कि जरा टहल आउं," आनंद ने नम्रता से कहा, "लखनऊ से कल रात को ही यहां आया हूं, घर पर पड़ा रहा, सोचा कि थोड़ा कछार की ओर टहल आऊं।"

"अच...च...अच्छा ही किया...क...क...क्यों नहीं, क्यों नहीं।"

गिरजादयाल जी कुछ और कहने के लिए गले में हवा भर ही रहे थे कि आनंद ने उनसे जान छुड़ाते हुए हाथ जोड़ कर विदा ली, "अच्छा पंडितजी, फिर भेंट होगी।"

यह कहकर आनंद आगे बढ़ गया। कुछ दूर बढ़, उसने मुड़ कर पीछे देखा, रामहरख लाल अकेले उसकी ओर चले आ रहे थे और उसने यह भी देखा कि पं० गिरजादयाल जी सड़क पर आदमियों से घिरे हुए कुछ ऐसी बातें कर रहे थे, जो आनंद से ही संबंधित थी, क्योंकि उनका दायां हाथ संकेत के लिए उस समय आनंद की ही ओर उठा था। लेकिन

आनंद फिर भी मुस्करा उठा और रामहरख लाल जब उसके पास आ गए तब वह एकाएक गंभीर हो गया और चुपचाप आगे बढ़ने लगा। मुंशी जी भी चुप थे, यद्यपि उनके होंठ बार-बार कुछ कहने के लिए फड़फड़ा रहे थे।

आनंद ने फिर शिष्टतावश उनसे पूछा, "कहिए, और क्या हाल-चाल हैं?"

"सब ठीक है बाबू!" मुन्शी जी को बोलने का अवसर मिला, "लेकिन क्या संसार है, जमाना ही बदल गया।"

"क्यों?"

"आपने सुभागी के विषय में सुना ही होगा," मुन्शी जी ने पीक घूटते हुए कहा, "जैसा, रामायण में कहा गया है, त्रिया चरित्रं पुरुषस्य भाग्यं ...ठीक कहा है!" इसके बाद मुन्शी जी च...च...आहा...आहा करने लगे। आनंद को उन पर हंसी आ रही थी; उनकी मूर्खता पर कम, लेकिन उनके ज्ञान प्रदर्शन की गुरुता पर सबसे अधिक। लेकिन आनंद अपने भावों को छिपाए हुए चुपचाप चलता जा रहा था।

मुन्शीजी आनंद के प्रति समवेदना और करुणा प्रकट करते हुए कह रहे थे, "सब बातें तो छिपा दी गईं, कोई कानों-कान नहीं जानता, लेकिन इस दरम्यान में जो घटना घटी, वह बहुत भयानक थी!"

"जैसे!" आनंद खड़ा हो गया।

मुन्शीजी आनंद के बिल्कुल मुंह के पास आ गए और भेद भरे स्वर में उन्होंने अपनी आंखें चमकाते हुए कहा, "खुद सुभागी ने अपने हाथों रामानंद को जहर दे दिया।"

"यह झूठ है!" जैसे, आनंद सहसा चीख उठा हो।

"बाबू! मैं इसके लिए गंगा उठा सकता हूं, यह बात झूठ नहीं है," मुन्शीजी ने गंभीरता और आत्मविश्वास से कहा, "क्या समझा था बाबू!

आपने उस गांव की छोकड़ी को !"

आनंद मूक-निश्चेष्ट मुन्शीजी को अपलक देखता हुआ खड़ा था। एकाएक कुछ ही क्षणों के बाद उसने बहुत तेजी से मुन्शी जी के सामने अपना हाथ जोड़ दिया, "अच्छा, धन्यवाद...अब मुझे आज्ञा दीजिए !"

यह कहकर आनंद मुड़ा और बहुत तेजी से सड़क की दायीं तरफ चल पड़ा। एक ही सांस में वह सड़क के किनारे के नाले को फांद गया और बहुत तेजी से बढ़ता हुआ कछार में जाने लगा। उसे ऐसा लग रहा था, जैसे, वह खुले मैदान में नहीं चल रहा था, वरन् वह एक ऐसी तंग-अंधेरी गली में चल रहा था जिसके दोनों सिरों पर जहरीला धुआं सुलग रहा हो।

कछार में जड़हन की खेती अपनी पूरी जवानी पर थी। जड़हन के एक-एक पौधे उसकी एक-एक बाली, फूल में मदमस्त और आने वाले अन्न के रस से झुकी जा रही थी।

पूरे कछार की धरती, उसका तना हुआ सीना धानी रंग का हो गया था और उस पर हवा की फिसलती हुई लहरें इस तरह लग रही थीं, जैसे उस पर झुका हुआ आकाश गा रहा हो और पूरी फसल उसके संगीत से शरमा रही हो।

आनंद कछार के एक सिरे पर खड़ा हुआ अपनी एक दृष्टि में कछार के पूरे फैलाव को समेट रहा था। लेकिन उस खुले हुये मैदान में, उस अन्न की सुगंधि से भरी हुई धरती पर आनंद को अब भी लग रहा था जैसे, उसका दम घुट रहा हो। वह चाहता था कि कछार की सारी ठंडी हवा, ताजी सुगंधि उसकी स्नायुओं में, प्राण वायु में घुल जाय और वह शांत हो जाय, जैसे कि जड़हन का एक-एक पौधा शांत था, पूरा कछार शांत था। उसके दोनों ताल शांत थे।

कछार के ऊपर वायुमंडल में रामनगर कस्बे का धुआं बादल बनकर छा रहा था और आनंद को लग रहा था, जैसे धुएं का बोझ उसके सिर पर आता जा रहा हो और वह नि:सहाय धुएं के उस बोझ को देख रहा हो। वह एक ऊंचे से मेड़ पर चलता हुअ ताल की ओर बढ़ रहा था। ताल के मेढक धीरे-धीरे टुर्र-टर्र...कुरे-कुर्र कर रहे थे। वह कुछ क्षणों में ताल के किनारे पहुंच गया और वहां खड़े-खड़े वह धुएं और जड़हन की जवान फसल से भरी हुई धरती के ऊपर देखने लगा। ऊपर धुआं, नीचे हरी फसल और दोनों के बीच एक खुला हुआ हिस्सा, शांत गंभीर। आनंद उसी हिस्से को देख रहा था। शाम का अंधेरा बढ़ता जा रहा था। वह खुला हुआ भाग धुंधला होने लगा था, तब एकाएक आनंद ने मानो देखा, उस खुले हुए भाग में एक धानी रंग की चूनरी उड़ रही थी और उसके परे कोई स्त्री धीरे-धीरे रो रही थी और मनुष्यों की एक अदृश्य भीड़ ठहाके लगा रही थी।

आनंद वहां से वापस लौटने लगा। उसकी घुटन अब शांत थी लेकिन उसके मन में कहीं से कुछ भरता जा रहा था, जिसमें पीड़ा कम थी, लेकिन उसमें बोझ बहुत था।

वह कछार को पार करता हुआ सड़क की ओर लौट रहा था।

सड़क के किनारे पहुंच कर उसने फिर एक बार घूम कर उस खुले हुए भाग के धुंधलके में देखा। मानो वहां की चूनरी फट कर तार-तार हो गई थी, और उसका एक-एक चीथड़ा धुएं के बादल में खोता जा रहा था। मनुष्यों के कहकहे बंद हो गए थे। आनंद खड़ा हुआ अपलक शून्य दृष्टि से उसी में तक रहा था और दूसरे ही क्षण उसे लगा, जैसे, धुएं का बादल कछार के सीने पर, आनंद के मस्तक पर धीरे-धीरे नन्ही-नन्ही बूंदों में बरस रहा हो, फूटी हुई सुहाग की चूड़ियां, फटी हुई चूनर के एक-एक तार और कजरारे आंसू के रूप में।

आनंद जब कस्बे की सड़क पर आया तब चारों ओर, घर, सड़क और दुकानों में चिराग जल चुके थे। वह चुपचाप सीधे खुदाबक्स की दुकान पर गया। उसे देख कर खुदाबक्स इतना गद्गद् हो गया कि उसके मुंह से कोई शब्द न निकल सका। उसने बहुत स्नेह और सम्मान से आनंद को अपनी गद्दी पर बैठाया। बेहतरीन इत्र की दो फुरहिरी उसने तुरंत भेंट की, और सम्मान भरे शब्दों में उसने बताया कि किस तरह रामनगर कस्बा अपने वसूलों से, जीवन के बहुमूल्य आदर्शों से दूर हटता जा रहा था। उसीसे यह पता चला कि रामनगर के तीन साहूकार मिलकर एक सिनेमाघर खोलने जा रहे थे। फिर उसने अपने व्यापार के भी विषय में बताया कि किस तरह तेल-इत्र के बाजार में मंदी आ गई थी। कोई बिक्री-बट्टा नहीं। उसने बताया कि जब से जमींदारी का उन्मूलन हुआ, राजा, तालुकेदार, जमींदार वगैरह बेतरह परेशान थे। चारों ओर से उन लोगों ने अपने हाथ-पांव बटोर लिए थे, फिर इत्र, खुशबूदार तेल को कौन पूछे!

आनंद का मन खुदाबक्स के पास बैठने से बहुत ही हल्का हो चला था। उसी से साफ-साफ यह भी पता चला कि किस तरह कस्बे के एक वर्ग में सुभागी और तहसीलदार साहब को लेकर कानाफूसी चल रही थी और कैसे दूसरे वर्ग में सुभागी के नाम को खुलेआम जलील किया जा रहा था।

थोड़ी देर के बाद आनंद खुदाबक्स से बिदा लेकर पूरब की ओर बढ़ने लगा। उसने दूर से ही देखा, अस्पताल के सहन में नीम की छाया तले एक पलंग बिछा था और उसके आसपास चार बेतरतीब कुर्सियां पड़ी थीं और उन पर भरपूर लोग बैठे थे। आनंद ने अनुभव किया, उन में कभी कोई ठहाका लगा रहा था, कभी-कभी समवेत स्वर से वहां हंसी फूट रही थी और कभी उनमें एकाएक अजीब-सी डरावनी शांति फैल

जाती थी, उस शाांति में भी कोई किसी के कान में कुछ कह रहा था, कोई फुसफुसाहट में अपनी अभिव्यक्ति दे रहा था और कोई होंठों-होंठों, अखिों-आंखों में वार्तालाप कर रहा था।

चुपचाप आनंद अपने रास्ते चला जा रहा था। एकाएक नीम के तले से कई लोगों ने मिलकर आनंद का स्वागत किया। लेकिन उनके निमंत्रण को पाकर आनंद एक क्षण के लिए अपनी जगह पर खड़ा रहा, तब तक उसने देखा, अस्पताल के कम्पाउण्डर, स्कूल के मुन्शी, तहसील के बड़े बाबू वगैरह अपने-अपने स्थान को छोड़कर उसके स्वागत के लिए चल ही देने वाले थे। अतएव आनंद को उधर ही मुड़ना पड़ा। उनके पास पहुंचते ही उसे ऐसा लगा, जैसे कोई अमूर्त, हीन मानव वहां छिपकर बैठा हो जो अपनी मौन उपेक्षा से उसे पागल बना देना चाहता हो।

आनंद को लोगों ने एक सिरे पर बैठाया और लोग उत्सुक होकर उसे देखने लगे।

आनंद उन लोगों से क्या बात करे, और वे लोग आनंद से क्या बात करें, किसी को कुछ नहीं सूझ रहा था। आनंद के सामने सभी अपने को एक अव्यक्त हीन-ग्रंथि में बंधे पा रहे थे। आनंद की अलस आंखें, उसका थका-थका-सा उदास चेहरा उन सभी बैठने वालों पर इस प्रकार अव्यक्त ढंग से अपना प्रभाव डाल रहा था, जैसे, उसके व्यक्तित्व में सम्मोहन की कोई शक्ति हो।

"तहसीलदार साहब से आप मिले कि नहीं!" अस्पताल से कम्पाउण्डर ने पूछा, "आपको उन्होंने क्या सलाह दी?"

आनंद को ये दोनों बातें समझ में न आईं, लेकिन वह इन दोनों प्रश्नों के पृष्ठभूमि में खड़ी हुई समस्या को अवश्य समझ रहा था। उसने मुस्कराते हुए पूछा, "आपका मतलब क्या है?"

"मतलब कुछ नहीं, कुछ नहीं...बस," कम्पाउण्डर ने घबड़ाते हुए कहा, "यही कुशल मंगल की बातें, घर-गृहस्थी की बातें।"

"लेकिन हमारी घर-गृहस्थी से आपको क्या चिंता? आप क्यों इतना परेशान हैं! व्यक्तिगत चीजें, व्यक्तिगत सत्य व्यक्ति सापेक्ष्य हैं, समाज सापेक्ष्य तो नहीं!"

आनंद की भाषा को कोई न समझ सका, नीम के तले फिर कुछ क्षणों तक शांति रही। नीम की पत्तियों में हवा का मद्धम-मद्धम स्पर्श भी ऊपर से शांति बरसा रहा था।

सहसा स्कूल के मुन्शी ने दिल थाम कर कहा, "लेकिन चाहे जो हो, सुभागी पर अत्याचार हुआ।" यह कहते हुए उन्होंने डाक्टर की ओर देखकर अपनी दायीं आंख दबा दी।"

"आनंद बाबू पर क्या कम हुआ?" यह कह कर बड़े बाबू ने अपना निचला होंठ धीरे से भींच दिया।

जब इन दोनों को सुनता हुआ भी आनंद चुप रहा, तब इसके आगे किसी की कुछ बोलने की हिम्मत न हुई। वे लोग सब के सब, यही चाहते थे कि आनंद उनसे अपने विषय में कुछ बातें करें, सुभागी के संबंध में वस्तुस्थिति जानने के लिए वह अपनी जिज्ञासा प्रकट करे, उनसे समवेदना की अपेक्षा करे और वह स्वयं कुछ ऐसी भी बातें, इसी बहाने बक जाए, जिसे लेकर वे हफ्तों उनसे आनंद लूट सकें। लेकिन आनंद सब समझता था। एक-एक के भाव और उनके लक्ष्य। वह गांवों में भी रहा था और शहर में रहता ही था तथा कस्बे में आया ही था। इस तरह वह गांव, शहर और कस्बा तीनों की आत्माओं से परिचित था। उसकी दृष्टि में गांव की आत्मा, उसकी संस्कृति एक ऐसी शकुंतला है, जो ऋषि कन्या है, फिर भी शापित है; किसी की दुल्हन और प्रेमिका है, लेकिन उपेक्षिता है। फिर भी इसका पथ, जीवन है, मरु नहीं, इसमें

विश्वास तपस्या और श्रद्धा है, मृत्यु की पराजय और क्षुद्रता नहीं। ठीक इसके विरुद्ध, दूसरी सीमा पर शहर की आत्मा और संस्कृति है, एक ऐसी स्वतंत्र कुमारी की भांति, जो अपने को सम्पूर्ण समझती है। वह सबकी है, सब उसके हैं, लेकिन कोई किसीका नहीं है। इसलिए उसमें विकास है, कहीं गतिरोध नहीं, सुख है, उपभोग है, लेकिन शांति नहीं है। इन दोनों के बीच में है कस्बे की आत्मा, उसकी संस्कृति। यह चौके की रांड़ की तरह है, एक ऐसी जवान विधवा की तरह, जो बिना गौने गए हुए ही एकाएक रांड़ हो गई हो और उसके आगे-पीछे तमाम उंगलियां उठ रही हों, फुसफुसाहट हो रही हो। उसका अपना कोई स्वतंत्र व्यक्तित्व नहीं है; क्योंकि उसका मुंह शहर की ओर है और पीठ गांव की ओर।

आनंद के मस्तिष्क में ये तीनों रूपक अत्यन्त स्पष्ट थे, इसलिए वह सबकी चुपचाप सुनता जा रहा था और मौनउपेक्षा से भरता जा रहा था। थोड़ी देर के बाद वह वहां से उठा और सीधे हवेली की ओर बढ़ने लगा।

रात को खाना खाने के उपरांत, आनंद पारो बुआ और रत्ती तीनों खुले हुए आंगन में खड़े थे। नन्हा और गीता दोनों प्रभा के कमरे में सो गए थे। प्रभा कामताप्रसाद के सिर में तेल लगाती हुई उनके सिरहाने खड़ी थी और उस कमरे से धीरे-धीरे बातें करती हुई प्रभा का स्वर अस्पष्ट रूप में आंगन तक आ रहा था। वे तीनों आंगन में खड़े-खड़े अपने-अपने ढंग की बातें कर रहे थे। पारो बुआ लखनऊ की बातें कर रही थी, मामा-मामी की बात, आनंद की पढ़ाई की बात और उसकी छुट्टी की बात। रत्ती सुभागी की बात कर रही थी और आनंद 'हां-नहीं, अच्छा-ठीक' आदि शब्दों से अपनी अभिव्यक्ति दे रहा था।

आंगन में पश्चिम की दीवार की छाया पड़ रही थी और आनंद

छाया के उस धूमिल अंधकार में कल की डोलती हुई उन दोनों छायाओं को ढूंढ़ रहा था। एक छाया जो लंगड़ाकर चल रही थी, कराह रही थी और दूसरी छाया उसे सहारा देती हुई धीरे-धीरे आगे बढ़ा रही थी।

सहसा कामताप्रसाद के कमरे में किसी चीज के फूटने की आवाज आई, जैसे किसीने तेल की भरी हुई शीशी या किसी और चीज की बोतल आवेश में आकर फर्श पर एटक दी हो। आंगन में वे तीनों चुप हतप्रभ-से हो गए। और दूसरे ही क्षण कमरे से कामताप्रसाद की आवाज उभरने लगी, "मारे जूतों के साले का भेजा गंजा कर दूंगा। क्या समझ रखा है उसने! अब वह इसके बाद, एक भी कदम मुझसे खिलाफ होकर चलेगा तो मैं उसके पांव तोड़ दूंगा। सुभगिया थी डायन, जलील कहीं की! मैं अगर चाहता तो उस चुड़ैल को फांसी पर लटकवा देता। हत्यारी कहीं की! जो अपने पति की नहीं हुई, उसका मुंह देखना पाप है।"

आनंद को स्पष्ट हो गया कि उस कमरे में क्या हुआ और क्यों किससे वे क्रोध भरी बातें की जा रही थीं, किसे सुनाकर की जा रही थीं।

आनंद निश्चित पगों से बढ़ता हुआ आंगन से बरामदे में आया और कमरे के दरवाजे पर पहुंचकर उसने आवाज दी और पर्दा हटाकर वह कमरे में प्रविष्ट हो गया।

क्षण भर के लिए कामताप्रसाद चौंके, लेकिन दूसरे ही क्षण उन्होंने उसी आवेश में पूछा, "तुम यहां कैसे आए?"

"आपने मुझे बुलाया, इसलिए!" आनंद ने शांति से उत्तर दिया।

"मैं तुझे क्यों बुलाता?"

"फिर सुभागी को लेकर क्यों गालियां सुनाई जा रही हैं?" आनंद के स्वर में तीव्रता उभर आई थी। वह पूछता जा रहा था "आप अपने

जूतों से किस साले का भेजा गंजा कर रहे थे? आपके कमरे में तो केवल माताजी हैं, लेकिन इस समय आप जितनी गालियां दे रहे हैं, जितना क्रोध-आवेश दिखा रहे हैं उसके क्या अर्थ हैं?"

यह कहकर आनंद प्रभा की ओर देखकर, कामताप्रसाद को देखने लगा। उनके होंठ कांप रहे थे, आंखों में आवेश टपक रहा था।

उन्होंने अपने को किंचित् संयत रखते हुए कहा, "सुना हैं, तुम सुभगिया के लिए पागल हो रहे हो?"

आनंद चुप था। अपलक उन्हें देखता जा रहा था।

"लेकिन क्या तुम्हें यह भी पता है कि वह कितनी जलील थी? चुड़ैल, बदमाश कहीं की! उसने अपने हाथों अपने पति रामानंद को जहर दिया है, पता है?"

"आखिर क्यों?" आनंद ने अत्यंत संयत भाव से पूछा।

"बेवकूफ! क्यों-क्यों की बात मत कर।" कामताप्रसाद ने क्रोध में आते हुए कहा, "मैं अगर चाहता तो सुभगिया को फांसी पर लटकवा सकता था, लेकिन मैंने जाने दिया और सारे कस्बे का मुंह बन्द कर दिया।"

"क्यों?" एकाएक आनंद ने फिर पूछा।

कामताप्रसाद का दिल न जाने क्यों आनंद के इस सूक्ष्म प्रश्न से घबड़ा रहा था और आनंद की सूनी, उदास, फिर भी क्रान्तिकारी दृष्टि से उनके रोंगटे खड़े हो रहे थे और इसकी प्रतिक्रिया से उनकी आंखों में क्रोध बढ़ता जा रहा था।

"क्योंकि मुझे तुझ पर और उससे भी ज्यादा तेरी दिवंगत मां पर दया आई!"

एकाएक बीच ही में आनंद के मुंह से फिर वही प्रश्न निकल पड़ा, "यह क्यों?"

"नालायक इसलिए!" यह कहते हुए कामताप्रसाद ने आनंद के मुंह पर एक जोर का चांटा मार दिया। प्रभा चीख पड़ी। उस चीख को सुनकर पारो बुआ कमरे में दौड़ी आई और उसने आनंद को अपने अंक में संभाल लिया, लेकिन आनंद उसी तरह चुप निश्चेष्ट-स्थिर खड़ा रहा। कांपते हुए कामताप्रसाद अपने पलग पर बैठ गए और हांफने लगे।

बुआ ने आग्नेय दृष्टि से प्रभा को देखा, "अब छाती ठंडी हो गई आपकी?" फिर बुआ ने कामताप्रसाद को घृणा से देखा, "शरम नहीं आती इतने जवान बेटे पर हाथ उठाते हुए!"

सहसा आनंद ने बुआ के जलते हुए मुंह पर अपना हाथ रख दिया, "कुछ नहीं बुआ, कुछ नहीं!"

"निकल जाओ मेरे कमरे से सब लोग!" कामताप्रसाद ने क्रोध में चीखते हुए कहा।

"आप होश में हैं कि नहीं?" आनंद ने दृढ़ता से पूछा।

"अभी कुछ बाकी है क्या?" कामताप्रसाद ने कहा, "अब जूतों से बात करूंगा!".

बुआ रो पड़ी। आनंद उसे संभालने लगा, "रोओ नहीं बुआ! आज मैं तैयार हूं कि ये दिल खोलकर मुझसे जूते से ही बातें कर लें; क्योंकि बातें करने के लिए इनके पास जबान नहीं है, जूते हैं, जबान मनुष्य के पास होती है और जूते...!"

बुआ रोती हुई आनंद को कमरे से बाहर खींच रही थी। आनंद बुआ को समझाता हुआ कामताप्रसाद को देख रहा था।

"आपके पास छोटी-सी ताकत है, झूठी-सी सामाजिक मर्यादा है, इसके बाद आपके पास क्या है ढूंढ़िए आप अपने में?"

"मेरे कमरे से निकलते हो कि नहीं?" बीच ही में क्रोध से चीखते हुए कामताप्रसाद ने कहा और पलंग से वे फिर उठ खड़े हुए।

"मैं इस कमरे से थोड़ा रुककर जाऊंगा," आनंद ने कहा, "क्योंकि इस कमरे की दीवारें, मेरे और आपके बीच, आपके सुभागी के बीच बहुत-सी बातें जानती हैं! मौत, अंधकार और जीवन की साक्षी हैं ये दीवारें। मैं इन्हें और भी कुछ बातों का साक्षी बनाना चाहता हूं, इसलिए मैं अपने दुराग्रह से यहां कुछ क्षण और रुकूंगा, क्योंकि मैं फिर इस कमरे में वापस नहीं आऊंगा। और तब यह सूना कमरा, इसकी नंगी दीवारें एक दिन आपको पागल बना देंगी। आपके पाप, आपकी दूषित अन्तरात्मा आपके झूठे स्वच्छ-निर्मल बाह्य व्यक्तित्व पर खून के धब्बे डालेगी और तब अपने सारे सुख, उपयोग और अपनी सारी सामाजिक मर्यादाओं के बावजूद आप अकेले इन्हीं नंगी दीवारों से अपना सिर टकराएंगे!"

"चलो, चलो, कल के लौंडे, निकल जा कमरे से!" कामताप्रसाद ने तीखी उपेक्षा से कहा, "मुझे नहीं मालूम था कि उस चुड़ैल में इतनी ताकत थी कि वह मुझे आज भी पागल बनाए हुए है, नहीं तो मैं उस दिन ही उसकी कहानी समाप्त कर देता।"

"आप नहीं कर सके, ऐसा कहिए," आनंद ने कहा, "क्योंकि सुभागी अपने में एक शक्ति थी और किसी शक्ति को मनुष्य नहीं नष्ट कर सकता।"

"तो क्या लखनऊ से इस बार तू मेरी नाक काटने आया है!"

"यह काम तो अपने रामनगर कस्बे पर छोड़ रखा था," आनंद ने गंभीरता से उत्तर दिया, "और उसने इस काम को अब तक पूरा कर दिया है!"

"क्या कहा?" कामताप्रसाद क्रोध से एकाएक फिर कांपने लगे।

"जो सत्य है।"

यह कहकर आनंद चुपचाप बुआ को साथ लिए हुए कमरे से बाहर

निकल आया। रत्ती बाहर बरामदे में बैठी रो रही थी। रात आधी बीत चुकी थी और आंगन का अंधकार बेहद घना हो चला था। घने अंधकार में आनंद ढूंढ़ रहा था, वे दोनों छाया अब तक वहां नहीं उतरी थीं। एक छाया लंगड़ी थी। उसका न आना स्वाभाविक था, लेकिन दूसरी छाया?

आनंद को बिस्तरे पर पड़े-पड़े जब अधिक देर हो गई और उसकी मनःस्थिति में जब एक भयानक घुटन और उसकी शिराओं में एक अजीब तरह का तनाव पैदा होने लगा, तब वह विक्षिप्त-सा हो उठा और आंगन में घूमने लगा। घूमते-डोलते-डोलते जब वह थक गया, तब रुककर वह ऊपर आकाश की ओर देखने लगा। वह चाहता था कि किसी तरह कम से कम उसकी आंखों के जलते हुए कोयले बुझ जाएं। उसी समय उसे लगा, जैसे आंगन की उत्तरी दीवार के परे कोई बहुत धीरे-धीरे कराह रहा हो और बीच-बीच में किसी के रोने की सिसकियां भी उभर रही हों।

वह आंगन की खिड़की खोलकर बाहर आया, उत्तरी दीवार के पास गया। वहां कोई न था, लेकिन उसे अब भी वह कराह, वह मौन रुदन जैसे सुनाई पड़ रहा था। अंधकार नहीं रोता, क्षितिज नहीं कराहता, शून्य नहीं सिसकता, लेकिन इंसान का अंतःक्षितिज अवश्य रोता है, और यह रुदन तब बहुत भयानक होता है, क्योंकि तब यह रुदन, यह मौन करुणा प्रकृति के सीने पर जम जाती हैं, और स्वयं सवाक होकर अपने सूक्ष्म अस्तित्व से उसे भेदने लगती है।

आनंद बहुत दूर तक फैले हुए अंधकार में देख रहा था। अंधकार में भी रुपहली किरणें होती हैं, उनका एक रूप होता है। उसको अनुभव हुआ, वह मौन रुदन-कराह उसी रुपहले अंश से उभर रही है। उसने देखा, पहचाना, अपने पग को निश्चित किया और वह उसीके पीछे अंधकार में बढ़ गया, बढ़ता गया।

चार

पुरैना बांसी से मिला हुआ ही समझा जाता था। वैसे बांसी कस्बे से उस गांव का फासला डेड़ मील का था। उस गांव में मुख्यतः ब्राह्मणों की आबादी थी, और वह भी गर्ग वंश के शुक्लों की। उनकी वंशावली, इतिहास और उनकी संस्कृति पुरैना गांव की थाती थी। उनके अतिरिक्त वहां कुरमी, भर, पासी-चमारों की बस्ती के साथ नाई, धोबी, कहार-कुम्हार आदि पांचों पौनी के भी घर थे।

वहां के ब्राह्मणों का सामाजिक प्रभुत्व पुरैना गांव पर ही नहीं, बल्कि उनकी धाक पास के तमाम छोटे-छोटे गांवों, पुरवों, पट्टियों और यहां तक कि बांसी कस्बे पर भी थी। पुरैना के ब्राह्मण यद्यपि दो प्रतिशत भी शिक्षित नहीं थे, लेकिन अपने कुल-परिवार की पुरानी परंपरा, दिखावे के सामाजिक आदर्शों के प्रकाश में वे उस क्षेत्र के पूज्य थे। पूरे गांव के घर-घर का ब्राह्मण पास-दर के किसी न किसी गांव का पुरोहित था।

और स्वयं समूचा पुरैना गांव?

अपने को सर्वत्र सामाजिक नियंता समझने की स्पृहा उन्हें इतनी रूढ़ियों में जकड़े बैठी थी कि उन्हें खुलकर सांस लेना भी दुष्कर था।

सुभागी की मां जमुना, इसी पुरैना गांव की विधवाब्राह्मणी थी। उसका घर, गांव के बीचोबीच था, लेकिन जमुना जैसी विधवा ब्राह्मणी का गांव के बीच में रहना कितना अपशकुन पूर्ण और गांव की मर्यादा के विरुद्ध था!

सुभागी वर्ष भर की न हो पाई थी कि गांव के ब्राह्मणों ने जमुना को उसके घर से निकालकर गांव के एक सिरे पर, उसे दूसरे घर में बसा दिया

और जमुना को विवश होकर वहां रहना पड़ा।

जमुना बहुत रोई, इतना रोई कि गांव के लोग तंग आ गए, लेकिन फिर वह चुप हो गई। रोने के लिए भी तो शक्ति चाहिए! जमुना में वह शक्ति न रही और वह अपने जीवन में केवल सुभागी को अंक में छिपाए अकेली रह गई। गांव भर की उपेक्षा, प्रतारणा के बीच वह मरी नहीं, क्योंकि उसकी गोद में सुभागी थी और सुभागी का दूध उसके आंचल में था, जिसे पूरा का पूरा उसे पिलाना था। अनबोलते, दूधमुंहों के प्रति विश्वासघात करना वह बहुत बड़ा पाप समझती थी। इस सत्य को उसने अपनी मां के मुंह से बार-बार सुन रखा था। उसी स्थिति में जमुना दो वर्ष तक वहां रही।

एक रात, जब जमुना अपने पुराने घर से गांव के सिरे पर, अपने नये घर पर आ रही थी, माधोबाबा की गली में सुमेसर ने उसकी बांह पकड़ ली। जमुना उग्र हो गई और सुमेसर को उसने इतना पीटा कि वह कहीं मुंह दिखाने लायक न रह गया। लेकिन उस गली में प्रतिशोध की ज्वाला में जलता हुआ सुमेसर जमुना के भविष्य में इतना भयंकर डर बन गया कि जमुना को उसी रात पुरैना छोड़ देना पड़ा।

उस समय सुभागी ढाई वर्ष की हो चुकी थी। जमुना उसे अपने अंक में लिए हुए पुरैना से बांसी आई। बांसी कस्बे में वह दो रात और दो दिन भूखी रही। दिन भर कहीं काम ढूंढ़ती और रात को किसीके सूने बरामदे, दरवाजे पर सो जाती।

प्रातःकाल था। जमुना नन्ही सुभागी को उंगली के सहारे पकड़े हुए धीरे-धीरे कस्बे में दक्षिण की ओर बढ़ रही थी। उस समय जमुना अपने-आपमें रो रही थी। बहते हुए आंसुओं से उसका सूना आंचल भीगता जा रहा था। सुभागी बार-बार अपनी रोती हुई मां को देख रही थी और उसके नन्हे फूल-से पांव धूल में बढ़ते जा रहे थे।

एकाएक जमुना की दृष्टि सामने छायादार पीपल के वृक्ष के तले जा पड़ी। जमुना ने देखा, पीपल के तले कोई साध्वी स्त्री बैठी हुई किसी देवता का पूजन कर रही थी। वह खड़ी हो गई और निश्चेष्ट रोती हुई उसे अपलक देखने लगी।

पूजन समाप्त करके उस स्त्री ने जमुना को देखा और वह अनायास समवेदना से अभिभूत, उसके पास चली आई। अब जमुना के आंसुओं का बांध एकाएक टूट गया। और उसके टूटने में करुणा का इतना आवेग आ गया कि सामने खड़ी हुई स्त्री उसमें बह गई। वह स्वयं रोई और जमुना के आंसुओं में डूब गई।

जमुना ने बताया कि वह विधवा ब्राह्मणी है। कहीं शरण चाहती है। वह चौका-बर्तन भी कर सकती है, उम्दा खाना बना सकती है और किसीके भी बच्चों को संभाल सकती है। इसके बदले में उसे बस, इतनी ही की अपेक्षा है—खाना, तन ढकने को कपड़ा और अपनी थोड़ी-सी मर्यादा की रक्षा, बस।

जमुना को स्त्री ने अपने संग लिया और वह सामने बढ़ने लगी। रास्ते में स्त्री ने अपना परिचय देते हुए बताया कि उसका नाम सत्यवती है। वहां के तहसीलदार की वह पत्नी है। जमुना की भांति उसकी भी गोद में तीन वर्ष का एक पुत्र है।

पथ में जमुना सत्यवती से सहर्ष स्वीकार करती चल रही थी कि वह खाना भी बनाएगी, सेवा भी करेगी और बच्चे को भी संभालेगी।

जमुना एक बार फिर से जी गई। उसे पुनः ईश्वर पर विश्वास हो गया। उसका जो कुछ टूटा था, उसने अपने से समझौता कर लिया कि सब कुछ जुड़ गया। सत्यवती के विशाल हृदय में उसे वे सब वस्तुएं मिल गईं, जिनसे जिया जा सकता था। जमुना छाया की भांति सत्यवती के

साथ रहती। जमुना उन्हें वंती जीजी कहने लगी और उसे स्वयं पंडित की संज्ञा मिली। ढाई वर्ष की सुभागी को तीन वर्ष का आनंद सुग्गी कहकर पुकारता, उसे पीटता और स्वयं पिट भी जाता। सुभागी उसे नन्नू कहती और जब तक दोनों सो नहीं जाते, वे हमेशा एक-दूसरे के साथ रहते-खेलते और ऊधम मचाते।

वंती जीजी की छाया में रहते-रहते जमुना को छः महीने बीत गए होंगे। गर्मी की एक दोपहरी में वंती जीजी अपने कमरे में रामायण पढ़ रही थी और जमुना पास बैठी मंत्रमुग्ध होकर सुन रही थी। भीतर बरामदे में सुग्गी और नन्नू लकड़ी के एक घोड़े को लिए हुए खेल रहे थे।

दोनों के बीच में लकड़ी का घोड़ा था। नन्नू के हाथ में छोटा-सा चाबुक था। सुग्गी के हाथ में उसकी नई गुड़िया थी, जो अभी तक कुंआरी थी। नन्नू कह रहा था कि सुग्गी अपनी गुड़िया को उसके घोड़े पर बिठा दे और वह बहादुर घोड़ा, गुड़िया को अपनी पीठ पर बिठाए हुए उसके लिए दूल्हा ढूंढ़ निकालेगा। सुग्गी इस प्रस्ताव को स्वीकार करने से दूर भाग रही थी। वह नन्नू से हठ कर रही थी कि उसकी गुड़िया क्यों अपनी ओर से अपना दूल्हा ढूंढ़ने जाए? क्यों नहीं उसके लिए उसका दूल्हा घर ही आए? यह कहकर वह अपनी गुड़िया के रूप-श्रृंगार की प्रशंसा में लग जाती। तब नन्नू बिगड़ जाता कि क्या उसका घोड़ा अच्छा नहीं है ? वह भी तो बहुत सुन्दर है। कितना बहादुर लगता है! तना हुआ सीना, खड़े कान, बड़ी-बड़ी आंखें। फिर उसने सुग्गी से प्रस्ताव किया कि क्यों नहीं वह अपनी गुड़िया की शादी उसके घोड़े से ही कर देती? घोड़ा तो गुड़िया के घर ब्याह करने आया है।

इस प्रस्ताव पर एकाएक सुग्गी रोने लगी और उसने गुड़िया को अपने अंक में छिपाते हुए नन्नू के घोड़े को हाथ से मारकर जमीन पर गिरा

दिया। फिर नन्नू को बहुत धक्का लगा। उसने गुस्से में आकर तत्काल चाबुक से सुग्गी की गुड़िया पर चोट की। गुड़िया को सुग्गी ने अपने अंक में छिपा लिया था, अतएव नन्नू के चाबुक की पूरी चोट सुग्गी के माथे से अंक तक छीलती चली आई और वह चीख उठी।

नन्नू भागा हुआ माताजी के कमरे में घुस गया और बिना कुछ बोलेचाले वह पंडित की गोद में अपना सिर छिपाकर घबड़ाया हुआ लम्बी-लम्बी सांसें लेने लगा। बरामदे में सुग्गी चीख रही थी। वंती जीजी को स्पष्ट हो गया कि क्या घटना हुई होगी। दौड़ी हुई वह बरामदे में गई, सुग्गी को गोद में उठा लिया और कमरे में वापस लौट आई। नन्नू अब तक पंडित की गोद में अपना सिर गड़ाए चुपचाप पड़ा था।

वंती जीजी ने सुग्गी को अपने पलंग पर बिठा दिया और स्वयं बढ़कर पंडित की गोद में से नन्नू का सिर ऊपर उठाकर वह जैसे डांटती हुई कुछ पूछने को हुई, पंडित ने नन्नू को अपनी बांहों में छिपाते हुए कहा कि नन्नू ने सुग्गी को नहीं मारा है। सुग्गी ने बदमाशी की होगी तब मेरे बेटे ने थोड़ा-सा डांट दिया होगा, बस! यह तो ऐसे ही रोती है।

सुग्गी अब तक चोट के दर्द से सिसक रही थी। उसके माथे पर चाबुक का प्रहार स्पष्ट होकर सूज आया था। वंती जीजी ने जब सुग्गी के माथे पर उस चोट को देखा तब वह नन्नू पर गुस्से से लाल हो गई, लेकिन उस समय तक पंडित, नन्नू को अपनी गोद में छिपाए बाहर जा चुकी थी।

वंती जीजी की आंखें समवेदना से डबडबा आईं। चोट पर औषधि लगाकर वह सुग्गी को चुप कराने लगी।

पायताने सोई हुई सुग्गी ने थोड़ी देर के बाद रोना बंद कर दिया था, लेकिन थोड़ी-थोड़ी देर पर उसे एक ऐसी लम्बी सिसकी आती थी, जिसे वह सांसों के साथ भरती हुई सिर से पांव तक कांप जाती थी। उसकी

आंखें मुदी थीं और वंती जीजी धीरे-धीरे उसे पंखा झेल रही थी। थोड़ी देर के बाद सुग्गी सो गई; लेकिन उसके भीतर से उठती हुई सिसकियां अब तक कभी-कभी उसकी सांसों के साथ उभर आती थीं और सुग्गी उसी क्षण कांप जाती थी।

जब सुग्गी बेखबर सो गई, फिर जमुना मुस्कराती हुई नन्नू को गोद में लिए हुए कमरे में आई। उसने देखा, वंती जीजी का मुंह उदास था। पंडित चुपचाप आकर पास खड़ी हो गई।

"पंडित, तूने बदमाश नन्नू को मारा नहीं!" वंती जीजी ने क्रोध पीते हुए कहा, "देखती नहीं, इसके माथे पर कितनी चोट लग गई है!" पंडित स्नेह से मुस्करा पड़ी। उसने वंती जीजी को मनाते हुए कहा, "छोड़िए भी जीजी! अब तो सुग्गी सो गई, अब किस बात की चिंता?"

"नन्नू ने मेरी सुग्गी को क्यों इस तरह मारा?"

जमुना अब खिलखिलाकर हंस दी। उसने जीजी को वह सारा किस्सा सुनाया, जिसे नन्नू ने अभी उसे साफ-साफ बताया था कि किस तरह सुग्गी अपनी नई गुड़िया का दूल्हा ढूंढ़ने की चिंता में पड़ी थी। नन्नू ने प्रस्ताव किया कि सुग्गी अपनी गुड़िया की शादी उसके काठ के घोड़े से कर दे। सुग्गी इसपर बहुत बिगड़ी और उसने गुस्से से नन्नू बेटा के घोड़े को जमीन पर गिरा दिया, इसपर नन्नू बेटा ने सुग्गी को मारा! फिर क्या बेजा किया?

"क्या बेजा किया?" वंती जीजी ने नन्नू को गुस्से से घूरते हुए देखा, "बड़े लाट साहब बनकर आए हैं, जो इनके घोड़े का ब्याह अपनी गुड़िया से न रचाए, उसे ये पीट देंगे!"

इसपर सहसा नन्नू फफककर रो पड़ा और पंडित उसे संभालती हुई कमरे से बाहर चली गई।

दो घंटे के बाद दिन ढल गया। सुग्गी जब सोकर उठी, वह नन्नू को ढूंढ़ने लगी, जैसे उसे वह सब कुछ भूल गया था। जब सुग्गी नन्नू से मिली तब सुग्गी को तो सब कुछ भूल गया था, लेकिन नन्नू को सब कुछ याद था। सुग्गी उससे खेल की बातें कर रही थी, लेकिन नन्नू चुप था और वह बार-बार उसके माथे की चोट देख रहा था।

नन्नू उसे अपने कमरे में ले गया। उसने उसे वह तस्वीरों वाली किताब दे दी, जिसे अभी कल तक वह सुग्गी से चुराता फिरता था। उसने उसे वह जगह भी बता दी, जहां वह अपनी गेंद छिपाकर रखता था।

दूसरे दिन, जब वे फिर खेलने लगे, उस समय उन दोनों के बीच केवल कागज की एक डोली थी। उन दोनों ने एक ही क्षण में यह तय किया कि गुड़िया की शादी उस गुड्डे से क्यों न कर दी जाए, जो बाराकुआं के मेले से खरीदकर आया था, यद्यपि उससे खेलते-खेलते उन दोनों ने उसके दोनों हाथ तोड़ रखे थे।

गुड्डी-गुड्डा लाए गए। उन दोनों ने बड़ी प्रसन्नता से उन्हें डोली पर बिठाया और दोनों ने अपनी-अपनी उंगलियों के सहारे डोली उठाई।

डोली लिए हुए बरामदे से आंगन में उतरती हुई सुग्गी हंसती हुई अपनी तोतली वाणी में गाने लगी, "डोली ढोओ ले कंहलवा—डोली ढोओ ले कंहलवा।" नन्नू ने भी हंसते हुए उस गीत में अपना सहयोग दिया और दोनों की मिली हुई तोतली वाणी से उनके गीत की गति आगे बढ़ गई :

"डोली ढोओ ले कंहलवा,
नेकी मलबै तुहाल।"

आंगन भर में घूमती हुई उनकी डोली अंत में उनके छोटे-से मिट्टी के घर पर उतरी, जिसका नाम उन्होंने 'घर-घरौंदा' या 'घल-घलौंदा' रख

छोड़ा था।

डोली घर-घरौंदे के द्वार पर उतारी गई और दुल्हन दूल्हे के साथ घरौंदे के भीतर पहुंचाई गई। और वे दोनों इस तरह खुलकर हंसने लगे, जैसे उन्हें न जाने क्या मिल गया।

वे दोनों घर-घरौंदे में झांक-झांककर बेतरह हंसे जा रहे थे और बरामदे में खड़ी जमुना और वंती जीजी मुस्करा रही थीं।

इस तरह बांसी में सुग्गी और नन्नू को एकसाथ खेलते हुए पांच वर्ष बीत गए। अब सुग्गी पूरे साढ़े सात वर्ष की हुई और नन्नू आठ वर्ष का हुआ। इस बीच में उन दोनों ने कितनी लड़ाइयां कीं, कितना रोए-हंसे, रूठे, मने, कितने ब्याह रचाए, कितने घर-घरौंदे फोड़े और कितनी खुशियां एक को दूसरे से मिलीं, यह सब उनकी आंखों में झांक रहा था।

आनंद अंग्रेजी की पांचवीं कक्षा में पढ़ने लगा। सुभागी को वंती जीजी घर पर ही स्वयं पढ़ाती थीं, और उसे तब तक हिन्दी पढ़ना और लिखना दोनों आ गया था। आनंद सुभागी को आज्ञा देता और सुभागी उसकी आज्ञा पालन करने में फूली न समाती।

दस बजे आनंद जब स्कूल जाने लगता, तब सुग्गी किताब-कापियों से भरे हुए चमड़े के बैग को उसके कंधे पर लटका देती। और जमुना नाश्ते से भरे हुए छोटे-से कटोरदान को रूमाल में बांधकर उसके दायें हाथ में पकड़ा देती। आनंद तांगे पर बैठकर स्कूल जाने लगता और सुभागी बंगले के बरामदे में खड़ी-खड़ी उसे तब तक देखती रहती, जब तक आनंद का तांगा उसकी दृष्टि से ओझल नहीं हो जाता।

अकेली दिन में, वह वंती जीजी की सेवा करती। उन्हें पूजा कराने का सारा दायित्व उसने अपने ऊपर ले रखा था। वंती जीजी उससे रामायण

पढ़वाती, और स्वयं वे उसका अर्थ बतातीं।

एक बार वंती जीजी अशोक वाटिका के प्रसंग को लिए हुए उसका अर्थ सुभागी को समझा रही थी, 'जानकीजी अपने पति राम के वियोग में कितना दुखी और विह्वल हैं।' इसपर सुभागी ने सहसा पूछा, "सीताजी ने राम के पास चिट्ठी क्यों नहीं भेज दी, या तार मार देंती।"

वंती जीजी के बहुत समझाने पर भी उसे स्थिति स्पष्ट न हुई।

लेकिन उसी वर्ष, पूस उतरते-उतरते तहसीलदार कामताप्रसाद का बांसी से तबादला हो गया। जिले से बाहर उन्हें गोंडा जाने की सरकारी आज्ञा मिली।

जमुना ने वंती जीजी से संकल्प कर लिया था कि वह जीवनपर्यंत उन्हींके चरणों में बैठकर अपने दिन प्रसन्नता-शांति से व्यतीत करेगी। सुभागी को तो कभी यह पता भी न था कि वंती जीजी उसकी नहीं हैं, उसे इसका भी ज्ञान न था कि आनंद और वह दो हैं। उसने कभी सोचा तक भी न होगा कि तहसीलदार साहब सरकार के व्यक्ति हैं, वे सदा बांसी न रहेंगे, या अगर बांसी छोड़कर कहीं जाएंगे तो उसे साथ न ले जाएंगे।

जमुना वंती जीजी की छाया छोड़ने के लिए किसी भी मूल्य पर तैयार न थी। वह तो यहां तक कहती थी कि वह सुभागी को लिए हुए बांसी से गोंडा तक पैदल चली जाएगी। वंती जीजी दिल से चाहती थी कि वह अपने साथ ही जमुना और सुभागी को गोंडा ले चले; लेकिन तहसीलदार साहब इससे पूर्ण सहमत न थे। उनका कहना था कि पहले केवल वे ही लोग गोंडा चलें, नई-नई जगह है; वहां जब सब ठीकठाक हो जाए, तो शीघ्र ही वे जमुना और सुभागी को अपने पास बुला लेंगे।

पांच

सुभागी को लिए हुए जमुना बांसी से पुरैना की ओर वापस जा रही थी, और वह अपने मन ही मन रोती जा रही थी। यद्यपि उसे पूर्ण विश्वास था कि वंती जीजी, तहसीलदार साहब एक ही हफ्ते में उसे गोंडा अपने पास निश्चित रूप से बुला लेंगे।

लेकिन बांसी से पुरैना की राह पर उसे न जाने क्यों ऐसा लग रहा था कि जैसे वह फिर अकेली हो गई, कोई बहुत सुन्दर भावना, मां के हृदय की तरह महान कोई घनीभूत छाया, जिसके तले वह फिर से जीकर खड़ी थी, वह सब कहीं दूर हटता जा रहा था।

संध्या-बेला थी। जमुना उदास-चिंतित-मौन पूरैना के पथ पर बढ़ रही थी। रास्ता उसे सांप की तरह डंस रहा था। उसने इसकी कल्पना छोड़ रखी थी कि उसे कभी पुरैना के उस रास्ते से वापस लौटना पड़ेगा, जिस रास्ते से वह रोती हुई, रात के अंधेरे में भागकर बांसी आई थी।

तब, उस बार सुभागी मां की गोद में चलकर पुरैना से बांसी आई थी। अब, इस बार वह मां के पीछे-पीछे धरती पर चलती जा रही थी। वह मां से बार-बार पूछ रही थी कि 'वे कहां जा रहे हैं? और हम कहां जा रहे हैं? वंती जीजी के पास अब लौट चलो न मां! आनंद बाबू कह रहे थे कि हम रेलगाड़ी पर चढ़ेंगे, तुम नहीं चढ़ने पाओगी, चलो मां, हम लोग भी दौड़कर रेलगाड़ी पर चढ़ जाएं।'

जमुना चुपचाप रास्ते पर चली जा रही थी। उसकी आंखों में समूचा पुरैना गांव, उसकी समूची संस्कृति की तस्वीर चल रही थी। उसकी आंखों में वे सब लोग चल रहे थे, जिन्होंने उसे एक-एक करके पत्थर

मारा था। सुभागी पूछती जा रही थी, "मां तू बोलती क्यों नहीं? वंती जीजी ने मुझे यह रुपया क्यों दिया है? क्या होगा यह?...तू वंती जीजी के गले से लग कर रो क्यों रही थी?...बोलती क्यों नहीं? जाओ हम भी नहीं बोलेंगे!"

यह कहते-कहते सुभागी रूठकर वहीं रास्ते पर बैठ गई। वह हठ करने लगी और बात ही बात में रोने लगी। जमुना ने उसे मनाया नहीं, कुछ कहा नहीं, बल्कि वह खुलकर रो पड़ी।

अंधकार घना होता जा रहा था। जमुना सुभागी की उंगली पकड़े हुए गांव के समीप पहुंच रही थी। उसे संतोष था कि रात का घना अंधकार है और वह उस अंधकार में पुरैना गांव में प्रवेश करेगी। उसे कोई देखेगा नहीं, न उससे कोई बातें करेगा। जमुना सोच रही थी कि वह पूरब वाले आम के बाग के पीछे से गांव के उत्तर पहुंच जाएगी। धीरे से घर का ताला खोलेगी और घर में छिप जाएगी।

दूसरे दिन थोड़ा-सा दिन चढ़ते-चढ़ते, पुरैना गांव में यह बात फैल गई कि जमुना खूब कमा कर कस्बे से गांव लौटी है। कितनी मोटी हो गई है, रंग देखो, कितना निखर आया है। तहसीलदार साहब के यहां से खूब पैसा भी गांठे होगी। और उसकी छोकड़िया को तो जरा देखो, कितनी सयानी हो गई है! टपे-टप् बातें करती है!

. सुबह उठते ही जमुना घर की सफाई में जुट गई। कई जगह घर गिर रहा था, कई जगह दीवारें कट गई थीं। चारों ओर धूल, मकड़ी के जाले और गर्द-गुबार से घर पटा हुआ था। अबाबीलों ने जगह-जगह मिट्टी के घोंसले बना रखे थे। गौरैयों के घोंसलों से तो नाक में दम था।

जमुना ने किसीके भी घोंसले पर हाथ न लगाया। वह फांड बांध, कमर कस कर पूरे घर को साफ करने में लगी थी। सुभागी पूछती, "हम

तो गोंडा जाएंगे! फिर इस घर की इतनी सफाई क्यों कर रही हो?"

जमुना उदासी में उत्तर देती, "बेटी, यह अपना घर है! कितने दिनों में हम लोग अपने घर में आए हैं, इसे ठीकठाक कर दें न! नहीं तो गिर जाएगा!"

"इस घर को ठीक करके हम लोग वंती जीजी के यहां चलेंगे न?" सुभागी मां के काम में तेजी से हाथ बंटाती हुए पूछ रही थी, "क्या वंती जीजी हमारे इस घर में नहीं आएंगी?"

जमुना चुप थी और सुभागी प्रश्न कर रही थी, "तो मां, हम लोग गोंडा जाएंगे और कुछ दिनों के बाद हम फिर इसी घर में वापस आ जाएंगे न?"

जमुना के पास इन प्रश्नों के कोई उत्तर न थे। वह चुपचाप घर के बंदोबस्त में लगी थी। क्षण भर का अवकाश न वह अपने मन को दे रही थी, न अपने शरीर को।

गांव की औरतें एक-एक, दो-दो, चार-चार जमुना से मिलने आ रही थीं, उसे देखने आ रही थीं, लेकिन जमुना ने अपने को, अपनी सम्पूर्णता को इस तरह घर के बंदोबस्त में लगा दिया था कि भेंट-अकवार, राम-जुहारी, पांव-पैलगी के अतिरिक्त उसे इतनी फुर्सत ही नहीं थी कि वह लोगों से अपनी कहे, उनकी सुने, स्वयं रोए और उन्हें रुलाए।

फिर भी जमुना का व्यक्तित्व गांव की दुपहरी में सबकी वाणी, सबके दृष्टि बिन्दु का उपजीव्य बन चुका था। सब स्तर, सब दिशाओं में वह आलोच्य-विषय बनकर गांव की दुपहरी में फैली हुई थी। क्योंकि अब जमुना के व्यक्तित्व में एक ही संधि बिन्दु पर सब कुछ उपलब्ध था, वह विधवा थी। वह जवान तो नहीं, फिर भी अब तक आकर्षक थी, वह ब्राह्मणी थी और पिछले पांच वर्ष तक उसने तहसीलदार कामताप्रसाद, जो जाति के क्षत्री थे, उनके यहां खाना

बनाने की नौकरी की थी।

वह मां भी थी। सुभागी जैसी सात-आठ साल की कुमारी लड़की उसके सामने थी। और सबसे बड़ी बात, वह कैसे अपने-आप गांव छोड़कर चली गई थी, और कैसे अब कस्बे से गांव लौटी है!

जमुना सबकी सुनती थी, पर कुछ बोलती न थी। उसे अपने सत्य पर अधिक भरोसा था और उससे भी अधिक उसे वंती जीजी पर विश्वास था। वंती जीजी को वह अपने मन ही मन में मां मानती थी और कभी-कभी वह अपने-आपमें वंती जीजी को याद कर मां कहकर पुकार भी उठती थी।

इसलिए जमुना कमर कसे, निश्चिंत, स्वस्थ मन से अपने घर में काम करती हुई वंती जीजी के पत्र की अनंत प्रतीक्षा कर रही थी।

सात दिन बीत चुके, वंती जीजी का पत्र न आया। नित्य डाकिये का रास्ता देखते-देखते उसकी आंखें पकने लगीं, लेकिन फिर भी वह निराश न थी। उसने एक जवाबी कार्ड वंती जीजी के पास भेजा और निश्चिंत हो गई कि चार ही दिनों में उसके पास जीजी का पत्र आ जाएगा।

जमुना दिन-रात स्वप्न देखती थी कि वंती जीजी उसे गोंडा बुलाएंगी। वह पुरैना को छोड़कर फिर उनके पास चली जाएगी और उसका शेष जीवन उनके चरणों में बैठकर कट जाएगा।

लेकिन पन्द्रह दिन बीत गए, गोंडा से कोई खत न आया। जमुना मन ही मन पागल होने लगी और उसने फौरन पदारथ काका के हाथों वंती जीजी के पास जवाबी तार दिया। तार तो आएगा ही उसे कौन रोक लेगा!

और गोंडा से तार आया। वंती जीजी का दिया हुआ नहीं, बल्कि

वंती जीजी के विषय में दिया हुआ तार मिला कि परसों वंती जीजी का स्वर्गवास हो गया।

तार पढ़वाते ही जमुना कटे वृक्ष की भांति गिर पड़ी। वह रोई नहीं, सिर-छाती पीटने की शक्ति उसमें न रही। उसे एका-एक ऐसा लगा, जैसे किसी ने एक ऊंचे टीले के शिखर से बहुत जोर का धक्का देकर उसे नीचे गिरा दिया हो, बहुत नीचे, ऐसी सख्त कंकरीली जमीन पर जो युगों से बांझ है, जिसपर घास का एक तिनका नहीं उगता, जहां कोई जीव-जंतु नहीं, चारों ओर सन्नाटा है। जहां हवा के झोंके अनायास धरती के सूनेपन से टकराते हैं और एक अजीब भयानक शोर जहां हरदम फैलता रहता है। और उसके पूरे विस्तार में धूल, रेह और छोटी-छोटी कंकड़ियां सदा उड़ती रहती हैं।

पूरे सप्ताह तक अबोध सुभागी वंती जीजी का नाम ले लेकर रोई, फिर चुप हो गई। जमुना महीनों मन ही मन रोई, उसे एक बार फिर लगा, और इस बार बहुत भयानक ढंग से लगा कि वह विधवा है, निःसहाय है, उसके मां-बाप नहीं हैं। तैहर भी उजड़ गया है। उसका कोई नहीं है, वह अकेली है, बिल्कुल अकेली। और इतनी शीघ्रता से उसके शरीर की सारी मांसलता, आकर्षण, द्वन्द्व और चिंता की आग में भस्म हो गए कि, जैसे कोई फूल सहसा डाल से तोड़ दिया गया हो। पुरैना गांव इस बात को भी लेकर कई दिनों तक चर्चा करता रहा कि उस तार के मिलने के बाद से ही जमुना कितनी जल्दी ढह गई। वह तो एक तरह से बुढ़िया लगने लगी।

जमुना रात के सूनेपन में जब सोने लगती, उस समय उसके होंठ अनायास कांप उठते। वह नि:श्वास भरती हुई वंती जीजी को बार-बार मां कहकर पुकारती और रो देती। और आंसुओं में डूबी हुई आंखों में वह सो जाती। फिर वंती जीजी उसे नित्य प्रति भोर के स्वप्न में मिलती, रामायण

पढ़ती हुई और उसके अर्थ समझाती हुई। हंसती हुई वह अपनी बातें दुहरा जातीं, 'देखना पंडित! घबड़ाना नहीं, अपने पर विश्वास करना। तुम में ईश्वर की शक्ति है, उसका अंश है तुम में, फिर हार क्यों? चिंता किसकी?'

वंती जीजी फिर मुस्कराती हुई कहतीं, 'देखना पंडित! सुभागी का पांव मैं पूजूंगी। मैं कहीं भी रहूं तो भी मैं उसका ब्याह रचाऊंगी। पैसे की चिंता न करना पंडित! मैं मदद दूंगी तुझे! बेटी के पांव पूजने को मिले कहां, और फिर सुग्गी ऐसी बेटी!'

यह कह कर वंती जीजी चलने लगती, जमुना नींद में दौड़ती हुई उन्हें अपने अंक में बांध रखने के लिए तड़प उठती और नींद में उसके दोनों हाथ हवा में फैल जाते और जमुना की आंखें खुल जातीं।

आंख खुलने पर वह कुछ क्षणों के लिए अवश्य रो देती, लेकिन दूसरे ही क्षण उसमें अज्ञात ढंग से धीरे-धीरे स्फूर्ति आने लगती, भीतर कुछ आग्रह करके मचल उठता, फिर उसमें शक्ति आ जाती।

वह अब अपने काम में जुट गई थी। कुछ जमीन उसके पास थी। उसने किसी तरह दो बैल भी खरीद लिए। अब वह तड़के भोर ही में घर के कारोबार से निवृत्त होकर अपने दो बलों का सानी-भूसा करती और पदारथ काका को साथ लेकर अपने खेतों में चली जाती।

पहर भर दिन चढ़ते-चढ़ते जमुना फिर अपने घर लौट आती। उस समय तक सुग्गी दरवाजे पर झाड़ू डाल देती, लकड़ी गोइठें को चौके में रखकर स्नान करती और भोजन बनाने की तैयारी में लग जाती। दोपहरी में जमुना रंगी हुई मूज से मौनी, पेटरिया और डलवे बिनती और स्वप्न देखती जाती कि सुभागी का किसी अच्छे कुलीन ब्राह्मण के घर मंगल-ब्याह होगा। वह सब कुछ सुभागी के पांव पूज कर उसे दे देगी। उसके डोले में सुहाग की पिटरिया के साथ ही साथ

उसे एक भार मौनी, मौना, डलिया और डलवे देगी, फिर शांति से वह मर जाएगी।

छः

सुभागी सोलह वर्ष की हुई। रूप, तरुणाई और कमनीयता के भार से वह धीरे-धीरे झुक गई और दौड़कर, उछलकर चलती हुई सुभागी अब संभल-संभलकर चलने लगी। आंचल ऊपर से फैलकर कमर में बहुत ही सावधानी से बंध गया। खुले हुए गंदे पैर, गंदी हथेलियां और मटमैले गले में एक अजीब आकर्षण और स्निग्धता आ गई। वाणी में संकोच की पवित्रता और चाल में एक अज्ञात गरिमा आ गई। बचपन का धूमिल वर्ण धीरे-धीरे गेहुआं हो गया। काली बड़री आंखों की पलकें संकोच-राग और झिझक से भारी पड़ गईं, और सुभागी स्वयं अपने से लजाने लगी। अज्ञात यौवन के अल्हड़पन पर भोली गम्भीरता की रंगीन रेखाएं इस तरह बिखर गईं, जैसे, किसी जंगली गुलाब के फूल पर एकाएक सुबह की हवा डोल गई हो।

पिछले कई महीनों से जमुना की कमर में बराबर पीड़ा रहने लगी। वह अब सदैव कराहकर उठती और कराहकर बैठती। और उसपर सुभागी के विवाह की चिंता उसके सिर पर इस तरह आ पड़ी थी, जैसे किसी हरे पेड़ की एक मोटी डाल उसके सीने पर लाकर रख दी गई हो, और जिसे ढोती हुई जमुना इधर-उधर के गांवों में मारी-मारी फिरती हो कि कोई दयालु ब्राह्मण उसके सीने के भार को उतार ले।

जमुना अपने भावी दामाद को सर्वस्व दे देगी। अपने सब गहने,

दोनों गायें, दोनों बैल और उत्तर वाले बाग के वे पांचों आम के पेड़ भी संकल्प कर देगी, जिन्हें जमुना के दिवंगत पति ने अपने हाथों लगाया था।

जमुना ने घर पर रहने तथा देखने के लिए दूर के एक ममेरे भाई को घर पर रख छोड़ा था और स्वयं परसाद नाऊ को लिए हुए वह अपनी बेटी का वर ढूंढ़ रही थी। लगातार तीन महीने की दौड़-धूप और अतिशय परिश्रम के बाद उसने गोपालपुर में बात पक्की कर ली, और जमुना जैसे जी गई।

लेकिन जिस पक्ष में वहां तिलक चढ़ने को थी, उस पक्ष के आरंभ में ही शादी की बात एकाएक टूट गई। जमुना ने तत्काल वहां पदारथ काका और परसाद नाऊ को दौड़ाया, परन्तु दूसरे दिन वे निराश लौट आए और साथ ही एक बहुत भयानक ख़बर लाए। गोपालपुर वाले से न जाने किसने यह कह दिया था कि सुभागी जमुना के पति रामतीरथ शुक्ल से पैदा हुई नहीं है। उनसे किसी ने यह बताया है कि रामतीरथ की मृत्यु के पूरे दो वर्षों के बाद जमुना की विधवा गोद में सुभागी आई थी।

जमुना को यह बात इतनी भयानक लगी, जैसे, किसीने उसके सिर पर एक बहुत वजनी हथौड़ा मार दिया हो। वह कई दिनों तक जैसे बेहोश रही और इधर-उधर अपने खेतों में, अपने घर में, पति के लगाए हुए आम के बाग में पागल हिरनी की भांति डोलती रही। उसके मन ने एक बार कहा कि वह पुरैना गांव में एक सिरे से आग लगा दे और पूरा गांव जलकर भस्म हो जाए, लेकिन दूसरे मन ने उसे समझाया कि विधवा का प्रायश्चित्त ही यह है कि वह अपने सत्य के लिए सत्य पर ही अड़ी रहे। वह असत्य से सतत संघर्ष करती रहे और उस दिन की प्रतीक्षा करती रहे, जिस दिन उसका सत्य एक भयानक उल्का बनकर असत्य के सम्पूर्ण विस्तार को अपने क्रोड़ में समा ले।

लेकिन सत्य से असत्य कितना शक्तिशाली और भयानक है, जमुना इसे सोचती हुई बार-बार अशांत हो जाती थी। वह कितनी अकेली है, निरालम्ब-कांटों के बीच में, यह कटु सत्य उसे और भी थका देने वाला था।

उसे पता लगा कि पुरैना गांव के किन-किन पट्टीदारों ने असत्य की उस भयानक दीवार को खड़ा किया था। उनमें से एक वह पट्टीदार था, जो जमुना के स्वावलम्बन, आत्मसम्मान से ईर्ष्या करता था, जिसकी चिंता यह थी कि जमुना अब तक झुकी क्यों नहीं? उसने अब तक अपने को मिटाया क्यों नहीं? वह हमारे सामने रोती हुई क्यों नहीं आई? उसे हमारी सहायता की अपेक्षा क्यों नहीं? दूसरा पट्टीदार बह था, जो जमुना का एक और भी दूसरी तरह का आत्म-समर्पण चाहता था। एक दिन गली में उसने जमुना का हाथ पकड़ा; उस दिन एक ने उस पर फूल फेंका, उस दिन एक ने उससे भद्दा मजाक किया। लेकिन जमुना ने एक-एक को क्या उत्तर दिया? उपेक्षा, घृणा, दुत्कार और क्रोध ही न!

जमुना अपनी इस विगत स्थिति को सोचते-सोचते चरित्र की आत्म-दृढ़ता से भर गई। उसका बिगत भयानक था, आगत भयानक के साथ-साथ कठिन था, लेकिन वह अपने अनागत की मधुर-सत्य प्रेरणा से जी उठती।

संध्या का समय था। जमुना अपने घर से निकल, उत्तर वाले बाग में गई और पति द्वारा लगाए हुए आम के पेड़ों के बीच शांति से खड़ी हो गई। दूसरे क्षण वह सामने के पतले से पेड़ को अपनी बाहुओं में भर कर रोने लगी। बहुत देर तक निश्चेष्ट रोती रही। एकाएक उसे लगा कि उसकी बाहुओं के बीच रामतीरथ—उसका पति खड़ा है और वह अपने दायें हाथ से जमुना के रूखे सिर को धीरे-धीरे सहला रहा है और समझा रहा है, जम्मो! मैं तो तुझे कुछ नहीं कह रहा हूं, फिर तू क्यों

रोती है? मैं तो मानता हूं न कि सुभागी मेरे रक्त से है, जिसे तूने अकेले अपने आंसुओं से पाला है। मैं तेरा साक्षी हूं सुभागी की मां, तू नख से शिख तक सत्य है। पहले सुभागी तेरे गर्भ में आई और फिर मैं बीमार पड़ा। रो नहीं जम्मो! तेरा सत्य महान है, अजित है। जा, अब तू घर लौट जा। सुभागी के सामने कभी न रोना! खबरदार!! नहीं तो इस असत्य का प्रभाव उस पर पड़ सकता है!...रो नहीं, सुभागी की मां! तू तो कितनी बहादुर है!

जमुना को लगा, जैसे, किसी ने उसके खुले हुए सिर को आंचल से ढक दिया हो और वह स्वयं एकाएक कहीं खो गया हो। और जमुना पेड़ से दूर हट कर चारों ओर शून्य में, संध्या के अंधकार के परे कुछ ढूंढ़ने लगी।

इसके उपरांत तीन महीने के बीच जमुना ने शादी की बातें और भी कई जगह चलाईं, लेकिन असत्य का अभिशाप उसके आगे-आगे चलता रहा। बातें होतीं, तें होतीं और टूट जातीं।

परंतु जमुना कहीं झुकी नहीं, उसे इस असत्य ने, लांछना ने कहीं से भी पराजित न किया; बल्कि उसमें उत्तरोत्तर दृढ़ता और तीव्रता आती गई।

अगहन बीतते-बीतते पदारथ काका रामनगर तहसील में सिकन्दरपुर गांव से एक विवाह की बात करके लौटे। उन्होंने आकर जमुना से उस वर और घर की सारी बातें बताईं।

रामनगर तहसील से सीधे पूरब आठ मील की दूरी पर सिकन्दरपुर गांव पड़ता है। गांव में बीस घर ब्राह्मण हैं, पांच घर क्षत्री होंगे, और शेष गांव में अहीर-कुरमी, भर, पासी सब तरह के लोग बसते हैं। गांव का सिवान बहुत फैला हुआ है और धरती खूब उपजाऊ है। रबी, भदई और अगहनी तीनों तरह की फसलें होती हैं। गांव का पूर्वी सिवान चौरस है,

दक्खिनी सिवान सोई है, कुछ नीची जमीन। पश्चिमी सिवान में आम-माहू-बरगद-पीपर-कटहर-नीम और शीशम आदि का घना बाग है और उसके किनारे-किनारे जमीन की एक पतली पट्टी में अरहर और बाजरे की खूब खेती होती है। उत्तरी सिवान कछार है और इस सिवान के अंत पर गांव का गहरा तालाब है।

वर तिवारी ब्राह्मण है और गांव में उसका घर अच्छा बना हुआ है। उसके घर में धन-दौलत सब कुछ है, लेकिन परिवार कम है। चार वर्ष हुए छः महीने के बीच ही में मां-बाप दोनों का ही स्वर्गवास हो गया। फिर घर में वर, बूढ़ी दादी और उसकी पत्नी यही तीन शेष रह गए। वर पहले कलकत्ते में नौकरी करता था और खूब कमाकर उसने घर भी भर दिया, लेकिन जब से घर पर मां-बाप नहीं रहे, तब से वह घर पर ही है; क्योंकि घर पर खेती-बारी अच्छी है, उसे किसी और की देख-रेख पर छोड़कर बाहर नौकरी करने जाना, इस जमाने में अब ठीक नहीं है। इस तरह मां-बाप के मरने के बाद लड़के के सिर पर सारी जिम्मेदारी आ गई। इसी बीच फिर क्या हुआ कि अभी पिछले साल सिकन्दरपुर गांव में ताऊन का प्रकोप हुआ। और महारानी ने सबसे पहले उस गांव में उसी लड़के की पत्नी को ले लिया। जब से पत्नी का स्वर्गवास हुआ, उसका हाता ऐसा धन-धान्य से भरा हुआ घर सूना पड़ा है।

"अब इस समय लड़के की उम्र क्या है?" जमुना ने पदारथ काका से पूछा।

पदारथ काका ने लड़के की कुंडली-जन्मपत्री जमुना को देते हुए बताया कि वर की अवस्था इस समय ज्यादा से ज्यादा चौबीस वर्ष की होगी और उसका नाम रामानंद है।

जमुना ने तत्काल वर और कन्या की जन्मपत्री को अपने पंडित से दिखवाया। पंडित ने दोनों की राशियों को जोड़ते हुए बताया कि वर-

कन्या का बहुत अच्छा संयोग है। गणना भी दोनों की अच्छी ही है। यह बात जरूर है कि दोनों की राशियों में राह प्रबल हैं, लेकिन वृहस्पति और चन्द्र दोनों अच्छे स्थानों पर हैं। इन ग्रहों का राहु पर पूरा ध्यान रहेगा। ज्योतिष बताता है कि सुभागी और रामानंद में अगाध प्यार रहेगा और दोनों एक-दूसरे को पाकर बहुत प्रसन्नता से रहेंगे।

जमुना को शांति मिली। पदारथ काका शादी की बात बिल्कुल पक्की करके आए थे; लेकिन उसके मन में गांव की लांछना की बात चोर की भांति अपनी आंखें दिखा रही थी। पदारथ काका ने जमुना को यह निश्चित बता दिया कि रामानंद को यहां की शादी बिल्कुल मंजूर है और वह तत्काल पहली ही लग्न में ब्याह चाहता है। उसे लेन-देन की भी कोई बात नहीं है। वह सुभागी जैसी लक्ष्मी-लड़की ही चाहता है, जो उसके उजड़ते हुए घर को बसा ले। बस, और वह कुछ नहीं चाहता। जमुना को रामानंद की सारी स्थितियां; उसकी बातें पसन्द आई। उसे ब्याह हो जाने का सुन्दर भविष्य भी दिखाई दे रहा था। फिर भी वह कहीं से, किसी भी तरह से यह नहीं चाहती थी कि कोई कभी झूठी लांछना उठाए और सुभागी का जीवन विषाक्त हो। वह यह भी नहीं चाहती थी कि उसे निःसहाय, पतिता या विधवा समझ कर, उसे और उसकी सुभागी को उद्धार करने के लिए कोई अपना संबंध जोड़े।

जमुना दूसरे ही दिन पदारथ काका और अपने पुरोहित को लेकर रामनगर की ओर रवाना हो गई। रामनगर तक वह लारी पर आई, इसके बाद वह सिकन्दरपुर के लिए पैदल चल पड़ी।

सिकन्दरपुर से एक गांव के फासले पर जमुना पंडित के साथ उसी गांव के एक कुएं पर रुक गई और उसने पदारथ काका को सिकन्दरपुर, रामानंद को बुला लाने के लिए भेज दिया।

उस समय दो घंटा दिन शेष था। जमुना ने हाथ-पैर धोकर पानी पिया और शांति से सिकन्दरपुर की ओर देखने लगी। पुरोहित जग्गी शुक्ल ने जमुना को सलाह दी कि क्यों न तब तक वे दोनों वहीं गांव के लोगों से रामानंद के घर, परिवार स्थिति के बारे में कुछ जानकारी लें। जमुना को जग्गी की बात बिल्कुल पसंद न आई। क्योंकि उसका विश्वास ही नहीं, उसका सत्य अनुभव था कि गांव इन मामलों में कितने झूठ होते हैं। आज कोई अपना हित है तो उसकी वाह-वाह! सब सोना; लेकिन कल थोड़ी-सी अनबन हो गई तो लाख लांछन! उसकी सब तरह की बुराई, उसकी समूची जड़ काट देने के लिए तत्पर और अगर उसमें थोड़ी-सी आत्म-मर्यादा है, तब तो गांव की वह आपसी अनबन-क्रोध-मनमुटाव तत्काल वैर प्रति हिंसा में परिणत हो जाता है। उसको उखाड़ने के लिए झूठे लांछन, अफवाहें और उड़ती हुई कहानियां गढ़ने में कितनी देर! जहां चाहिए वहां हवा में सुन लीजिए, 'अरे! उसने तो रुपया लेकर फलां जगह लड़की की शादी की है। वह उस दिन लड़की के घर खा भी आया है। उसने अपने मां-बाप की क्रिया नहीं की और आज उनको मरे दो वर्ष हो गए। उसके चार बीघे खेत गिरवी हैं। उसकी लड़की चौदह वर्ष की हो गई और वह अब तक अपने घर में बैठाए हुए है। उसके यहां तो आजकल एक ही समय खाना बनता है। वह तो चोर है, कल फलां के खेत में फसल काटते हुए पकड़ा गया। उसकी काकी विधवा है और न जाने कैसे पैर भारी हो गए। उसके घर तो चल आया है कि ऊपर से रामराम भीतर से कसाई का काम। कौन बातें करे उसके घर की, गांव की नाक काट ली उसने उस दिन।'

इस तरह जमुना गांव की आत्मा के अणु-अणु से परिचित थी। पुरैना गांव ने उसे स्वयं अपना कितना बड़ा शिकार बनाया था, इसे वह कभी

नहीं भूल पाती थी। वह जहां कहीं भी किसी बड़े-भरे पूरे गांव को देखती थी, उसे ऐसा लगता था, जैसे, यह कोई बहुत पुरानी बावली है, जिसे गांव वालों ने स्वयं फावड़ों से खोद खोद कर बनाया है। बावली पानी से भरी है और उसके चारों ओर बड़ी ऊंची-ऊंची खंदकें हैं, जिनसे न बावली का पानी बाहर जाता है न बाहर का पानी उसमें आता है और न जाने कब से बावली का पानी हरा होकर गंदा और घिनौना हो गया है और लोग उसमें मेढकों की तरह टर्रा रहे हैं।

जमुना जग्गी पंडित को ले कर कुएं से आगे बढ़ गई और गांव से बिल्कुल बाहर एक आम के पेड़ के पास चली गई और वहीं बैठी हुई पदारथ काका का रास्ता देखने लगी।

एक घंटा दिन शेष रह गया, तब पदारथ काका एक नौजवान को साथ लिए हुए सामने से, रास्ते पर आते हुए दिखाई पड़े। जमुना की दृष्टि दूर से ही उस नौजवान पर टिकी हुई थी। खूब ऊंचा कद है, छरहरा जवान बड़ी गम्भीर चाल है। धोती गांठ से बहुत नीचे नहीं गई है। कुर्ता लम्बा है और उसकी बांहें ऊपर चढ़ी हुई हैं, जैसे, वह कहीं खेत में काम कर रहा था। कंधे पर सफेद अंगोछा है, और पांव नंगे हैं।

पदारथ काका ज्यों-ज्यों आम के पेड़ के पास आते जा रहे थे, जमुना की अपलक दष्टि में उस व्यक्ति का चित्र उतना ही साफ स्पष्ट होता जा रहा था। कोई बनावट नहीं, कोई शान नहीं, जैसे, ज़िंदगी की परिस्थितियों और संघर्षों ने उसे असमय गंभीर और सौम्य बना दिया हो।

जमुना ने सफेद चादर से अपने को ढक लिया था। वह बिछे हुए कम्बल पर बैठी थी और उसकी दृष्टि पास पहुंचते हुए उस व्यक्ति पर थी।

रामानंद ने निःसंकोच, आगे बढ़ कर जमुना के पैर छूना चाहा, लेकिन जमुना ने उसे संभाल लिया और उसकी मातृव्रत आंखें स्नेह और श्रद्धा से एकाएक डबडबा आईं। वह रामानंद को देख कर गद्गद् हो गई। उसे लगा, जैसे वह उसका किसी जन्म का बेटा हो और आज उसे एकाएक मिल गया हो।

जमुना को उसके चेहरे की गंभीरता में एक अजीब-सा आकर्षण मिला। उसकी बड़ी-बड़ी शांत आंखों में प्यार-स्नेह देने की इतनी क्षमता भरी थी कि जमुना मन ही मन प्रसन्नता से पागल हो उठी।

जमुना चुप थी, पंडित और पदारथ आपस में बातें करने लगे थे। रामानंद उनकी बातों का बहुत ही थोड़े-थोड़े शब्दों में उत्तर देता जा रहा था। लेकिन जमुना मौन थी, क्योंकि उसका जी भर गया था।

सब लोग बातें कर रहे थे, और जमुना मानो रामानंद के पार्श्व में बैठी हुई सुभागी को देख रही थी। यह रामानंद, यह सुभागी यह मेरी बेटी, यह मेरा दामाद। यह सुभागी इसकी दुल्हन, यह रामानंद उसका दूल्हा। दुल्हन गोरी, दूल्हा गेहुआं। सोलह वर्ष, चौबीस वर्ष; जमुना मन ही मन, गीत की एक पंक्ति गुनगुना उठी, 'ऐसा वर खोज्यो बाबा अंचरा पसीजै नैना करे मनुहार, झुक-छिप हम राजा, देहियां निहारी, डेवढ़ें हों सजना हमार।'

और जमुना स्वप्न देखती हुई सोचती जा रही थी, मेरी बेटी और मेरे दामाद की गृहस्थी, पति और धर्मपत्नी का स्वर्णिम संसार। फिर जमुना देखने लगी, रामानंद के बायें, सटी हुई सुभागी बैठी है और सुभागी के अंक में दो बच्चे हैं, एक मां का दूध पी रहा है, एक उसके अंक में खेल रहा है। बच्चों का पिता रामानंद उन्हें देख-देख कर मुस्कराता जा रहा है।

जमुना की आंखों से सहसा आंसू गिरने को हुए, लेकिन उसने अपने

को संभाल लिया और स्वप्न के भावलोक से वह नीचे उतर आई।

उसने रामानंद से कहा, "बेटा! पंडित और पदारथ काका ने तुमसे सब बातें साफ कर दीं। तुम अब मेरे हो गए, यह भी मुझे लग गया। इसलिए मैं चाहती हूं कि तुम में और मेरी बेटी में कोई किसी तरह का पर्दा न रहे। जिसके चरणों में मैं अपनी बेटी दे रही हूं, उससे क्या छिपाना? पुरैना से चलकर यहां तक जो मैं आई हूं, और बेटा! मैंने तुम्हें भी यहां तक जो आने का कष्ट दिया है, उसका केवल एक कारण था। उसे मैं तुझे साफ-साफ बता रही हूं। सुभागी जैसे ही मेरे गर्भ में आई, उसके कुछ ही दिन बाद उसके पिता को एक मामूली-सी बीमारी हुई और वे उसे छोड़ कर चले गए।"

जमुना रो पड़ी। अपने को संभालते-संभालते उसका आंचल आंसुओं से भीग गया। कुछ क्षणों के उपरान्त उसने फिर कहना आरंभ किया, "उनके स्वर्गवास होने पर मेरी यह बेटी पैदा हुई और उसे लेकर उसके जीवन के बहाने विवश होकर मैं भी जीने लगी। नहीं तो यह निश्चित था कि अगर सुभागी मेरी गोद में न आई होती, तो मैं पुरैना ऐसे गांव में एक क्षण भी न रहती, अपने जीवन को समाप्त कर लेती। लेकिन मुझे जीना पड़ा और इसी जीने के लिए पुरैना गांव ने मुझे इतनी यातनाएं दीं, मुझे इतना सताया कि मैं कह नहीं सकती बेटा! सबसे अधिक रोना तो इस पर है कि पुरैनावालों ने मुझे सताया, मुझसे दुश्मनी की, अच्छा किया, लेकिन मेरी बेटी ने उन लोगों का क्या बिगाड़ा था, उससे उन लोगों की क्या दुश्मनी थी?"

जमुना फिर फफककर रोने लगी और अपने को संभालती हुई कहने लगी, "जब मैं बेटी के लिए लड़का ढूंढ़ने लगी, तब पुरैना गांववालों ने यह लांछना उड़ा दी कि सुभागी अपने बाप की बेटी नहीं है, मेरे पति के स्वर्गवास के दो वर्ष बाद उसका जन्म हुआ है।"

जमुना रोती हुई कहने लगी, "बेटा! किसी ब्राह्मण ने सच्चाई समझने का प्रयल नहीं किया और सब मेरे नाते को तोड़ते गए। किसीने मेरी अग्नि परीक्षा नहीं ली और दूसरों की बात में आकर लोगों ने गंगा जैसी पवित्र मेरी बेटी को न जाने क्या समझ लिया!"

"लेकिन मैं तो और कुछ नहीं समझता।" रामानंद ने बीच ही में एकाएक कहा, "मैं भी ब्राह्मण पट्टीदारों के गांव में रहता हूं, मुझे खूब मालूम है कि ये कितने रंग बदलते हैं। आप घबड़ाइए नहीं, मेरी ओर से बिल्कुल चिंता न कीजिए।"

"मुझे तुम पर पूरा विश्वास है बेटा," जमुना ने आंसू पोंछते हुए कहा, "तभी मैंने तुम्हारे सामने अपना सब कुछ कह दिया। और यह भी सुन लो बेटा, मैंने अपनी बेटी को तस्या और आंसुओं से पाला है। बहुत ही अच्छी लड़की है वह, बिल्कुल तुम्हारे ही योग्य...।" यह कहते-कहते जमुना ने बढ़ कर रामानंद का पैर छू लिया और दो रुपये उसपर रख दिए।

दिन डूबने में थोड़ी-सी देर थी। जमुना का मन भर गया था और उसके सामने रामानंद संकल्प की भावभूमि पर पुत्रवत खड़ा था।

पेड़ों की परछाइयां लम्बी और घनी होती जा रही थीं। जमुना पंडित, पदारथ काका के साथ रामनगर के रास्ते पर बढ़ रही थी और रामानंद उन्हें विदा देकर उसी अम के पेड़ के पास खड़ा था। उसे लग रहा था, उसके बायें कोई खड़ा है, और वह चुप है। रामनगर के पथ से जैसे उसकी मां चली जा रही है और वहां उसकी लक्ष्मी खड़ी है।

सात

बैसाख-शुक्ल पक्ष के एक अत्यंत शुभ लग्न में सुभानी का ब्याह रचा। सिकन्दरपुर से पुरैना बारात आई। लेकिन बह बारात केवल जमुना के ही लिए आई। गांव के ब्राह्मण पट्टीदारों ने इसमें भाग न लिया, शेष लोगों ने अवश्य जमुना को यथासंभव सहारा दिया। पट्टीदारों को अपने-अपने में अत्यंत पीड़ा इस बात की थी कि कैसे एक कुलीन ब्राह्मण के घर, गांव से विरुद्ध रहते हुए भी जमुना ने शादी तय कर ली, और शादी हो भी जा रही है। पट्टीदार पराजय की इस सहज ज्वाला से जल-भुन गए, लेकिन उनकी एक भी न चली।

पट्टीदार खड़े दूर से तमाशा देखते रहे। जमुना अपनी आंखों में आंसू लिए, लेकिन कमर कसे हुए सारे कार्य का संचालन स्वयं कर रही थी। वह दौड़कर रसोईघर में जाती, आंगन के मड़वे में दौड़ती, बाहर दरवाजे से लगकर बाहरी प्रबंध करती, चुपके से अपने एकाकीपन और दिवंगत पति की सुधि करके रो भी लेती और दौड़ी-दौड़ी स्त्रियों को लेकर गाने भी लगती :

'कांपइ हाथी रे कांपइ घोड़वा कांपइ नगरा के लोग, हथवा में कुस ले-ले कांपे ले बाबा कब दोनों उगरह होइ। हंसइ हाथी रे रहंसइ घोड़ा रहंसइ सकल बराति, मंड़वे मुदित मन समधी रे विहसइ भले घर भइल विवाह। गंगा में पइठि बाबा सुरुज गोड़े लागे मोरि बूते धिया जनि होय, धिअवा जनम जब दीह हो विधाता जब घरे संपति होय।

गांव खड़ा-खड़ा देखता रहा। जमुना के द्वार पर बारात की अगुआनी हुई, द्वार-पूजा हुई, दूल्हा मंडप में गया, और मंगल गीतों से अकेली जमुना ने अपने सूने घर की सारी दीवारों को रंग दिया।

सुभागी सुहागन हुई और जमुना ने अपने सूने आंचल को आकाश की ओर फैलाकर डबडबाई हुई आंखों से गा दिया, 'जुग जीवो चंदा, जुगुति राख्यो धीया मोर भयलीं सुहागन आज।'

बड़हार के दिन पुरैना के पट्टीदारों ने जमुना के घर भात न खाया, और वे लोग दूर खड़े देखते रहे; लेकिन बारात ने भात खाया। मड़वा हिलाया गया और जमुना ने अपना सर्वस्व सुभागी को बिदा करते-करते दे दिया, अपने सब गहने, अपनी सब पूंजी। उसने सुभागी को केवल अपनी उस नथनी और बेसर को अवश्य नहीं दिया, जिसे पहनकर वह स्वयं सुहाग के डोले पर चढ़ी थी और भविष्य में विधवा हो गई। इसीलिए वह उसे अशुभ मानती थी और उसने उनको धरती में गाड़ रखा था।

फिर भी जमुना ने अपने हाथों से सुभागी को नख से शिख तक सजाकर, उसे बेटी से दुल्हन बनाकर रुदन और आंसुओं के बीच उसने उसे अपना भेट-अकवार दिया। लेकिन जमुना के पांव दुल्हन सुहागन बेटी के साथ आंगन से आगे न बढ़े। वह आंगन से ही बेटी को बिदा देकर, स्वयं एक कमरे में जा छिपी, ताकि डोले में बैठती हुई उसकी सुहागन बेटी पर उसके वैधव्य की कहीं छाया न पड़ जाए।

पुरैना के ब्राह्मण खड़े देखते रहे। सिकन्दरपुर से पुरैना गांव में बारात आई और सुभागी का रोता हुआ शुभ-सोहाग का डोला बड़े पीर बाबा वाले बाग को पार करता हुआ, रेहार वाली डहर से दूर चला गया।

सिकन्दरपुर में जब सुभागी का डोला उतरा, उस समय एक घंटा रात बीत गई थी; लेकिन गांव में अपूर्व ढंग से चहल-पहल थी। रामानंद का घर गांव की दुल्हनों और अन्य पर्दानशीन औरतों से भरा था। दरवाजे

पर, बरामदे में गांव के और नौजवान बैठे थे, बाहर दरवाजे के सहन में, गाँव के छोटे-छोटे लड़के प्रसन्नता से खेल रहे थे और कुछ लड़के सामने इधर-उधर मिट्टी, धूल और घास में उन बिखरे हुए पैसों को ढूंढ रहे थे, जिन्हें रामानंद की दादी और मामी ने दुल्हन के डोले पर फूलों के साथ बरसाया था।

उसी रात को गांव भर में घर-घर चर्चा होने लगी कि रामानंद कितना भाग्यशाली है! इतनी सुन्दर, सुशील और गुणी दुल्हन उसे मिली है कि उसकी बराबरी गांव भर में कोई नहीं कर सकता। कितना सामान वह अपने साथ लाई है, बिदाई के इतने बड़े-बड़े दो बक्से, बर्तन, सीधा-पिसान, मौनी-दौरी-डलवे-डलिया, पांच भार मिठाई और एक दुधार गाय। रामानंद राजा हो गया और घर में उसने साक्षात लक्ष्मी पा ली। फिर भी दुल्हन में, अपने पर तिल भर का गुमान नहीं। उसने एक-एक औरत का पांव छुआ और यथाउचित सबकी पांव छुआई भी दी।

फूल जैसी कोमल, चंदा जैसी सुन्दर, वह पक्के दो घंटे तक खुद ढोलक बजाती हुई अनेक तरह के गीत सुनाती रही। न जाने कहां से उसे इतने गीत याद थे, गजब का गला भी पाया है! खूब दुल्हन मिली रामानंद को!

मुख्यतः ये बातें गांव की कुमारी लड़कियां और माताएं कर रही थीं। लेकिन गांव की दुल्हनें और बूढ़ी औरतें अपने-अपने ढंग से दो और तरह की बातें कर रही थीं। दुल्हनें अपेक्षाकृत चुप थीं, केवल वे इतना ही अपनी-अपनी ननदों और पतियों से कह कर चुप हो जाती थीं, 'दुल्हन अच्छी ही है, डोले से उतरने पर सबका वाह-वाह होता है... लेकिन...इसके बाद दुल्हनें अपने-अपने विषय में बातें करने लगती थीं,

अपनी बिदाई और अपने नैहर की बात। बूढ़ी औरतों में एक अजीब ही तरह की फुसफुसाहट हो रही थी, 'कलमुंहीं मां की बेटी है न! जभी बड़े गुण और रूप हैं!...नाम बड़ा दरसन थोर। कुल-परिवार, बाप-दादे की नाक कटाई रामानंद ने। इसी मनसा पाप से उसकी लक्ष्मी जैसी पहली पत्नी मरी है, अब आई है इसकी पारी, देखो लोगे बारी-बारी।'

विवाह के पन्द्रह दिनों के भीतर रामानंद के घर से सब पहुने-हित-संबंधी अपने-अपने घर को बिदा हो गए। सुभागी को अकेलापन न लगे, रामानंद ने आग्रह करके बुआ और मामी को अपने घर रोक लिया।

दादी की त्रबल इच्छा थी कि दुल्हन को कम से कम छः महीने तक चौके में चूल्हे के पास न बैठने दिया जाए, लेकिन सुभागी अपने आग्रह से दादी को वश में करके दूसरे ही महीने चौके में जा घुसी और गृहस्थी को उसने अपने कंधों पर उठा लिया।

प्रातःकाल बड़े भोर में ही सुभागी सोकर उठ जाती और सारे घर का झाड़ू वह तब तक दे चुकी होती, जब तक दादी और बुआ वगैरह उठती थीं। स्नान करने के बाद सुभागी नित्यप्रति सबके लिए कुछ न कुछ नाश्ता अवश्य तैयार करती। दोपहर में सबको खाना खिलाकर जैसे ही वह छुट्टी पाती, गांव की, विशेषकर वे कुमारी लड़कियां, जो ब्याहने योग्य हो गई थीं, सुभागी को घेरकर बैठ जाती थीं। पूरी दोपहरी वह उन्हीं लड़कियों में बिता देती। किसी को भजन सिखाती, किसी को दादरा-गजल सहाना, बारहमासा, कजली और सोहर सिखाती, कागज पर लिखवाती और किसी-किसी को वह सीना-पिरोना, काढ़ना और बिनना भी बताती। इसके उपरांत वह फिर घर-गृहस्थी के कार्य में लय हो जाती और रात के दए बजे तक कहीं सिर उठा पाती।

सोने के पहले जब वह दादी के सिर पर तेल लगाने जाती, उस

समय दादी की आंखें स्नेह के आंसुओं से भीगी रहतीं। वह शिकायत करती, "दुल्हन बेटी! तू क्यों इतना काम करती है? न मुझे कुछ करने देती, न अपनी बुआ और मामी को। सबके हाथों से छीन-छीनकर काम करती है, यह ठीक नहीं। मुझे बहुत दुख होता है, लेकिन तू मेरी मानती ही नहीं। अभी तो तू डोले से उतरी है, अभी सब तरह से तुझे सुख-विलास मिलना चाहिए। इसीलिए तो मैंने बुआ और मामी को रोक लिया है, लेकिन एक तू है कि..." सुभागी दादी को कुछ उत्तर न देती, वह बच्चों की तरह मुस्कराती और दादी के चरणों को अपने आंचल से छूकर बुआ-मामी के पास चली जाती। कुछ न कुछ क्षणों तक वह उनके पैरों को दबाती; और घर में जब सब सो जाते तब वह अपने कमरे में जाती और इस तरह गहस्थी के एक दिन का चक्र पूरा हो जाता।

यद्यपि वह चक्र सुभागी ऐसी दुलारी-कोमल लड़की को थका देने वाला था, क्योंकि उस चक्र में जितना भार था, उससे भी अधिक उसमें एक ऐसी गति थी, जिसके साथ सुभागी को बहुत तेजी से दौड़ना पड़ता था, लेकिन वह कभी थकती न थी, वरन् अधिकार-सुख और पति के अनन्य प्रेम से वह बहुत ही प्रेरित रहती थी।

सुभागी रामानंद को मनुष्य के रूप में देवता की भांति देखती थी। उसे यह बात कभी नहीं भूलती थी कि पुरैना गांववालों ने किस तरह उसके विवाह की जड़ में मट्ठा डाल दिया था। वह कलमुंहीं की बेटी घोषित कर दी गई थी और उसका विवाह किसी कुलीन ब्राह्मण के घर होना बिल्कुल असंभव-सा हो गया था; लेकिन मां-बेटी की लाज रखी तो इसी देवता ने।

'कितना चौड़ा सीना है मेरे बालम का, कितनी बड़ी-बड़ी बांहें हैं

मेरे देवता की, कितनी गहराई है मेरे साजन की आंखों में!' सुभागी की अनुभूतियां हरदम इन्हीं भावों में पगी रहती थीं।

रामानंद को पीढ़े पर बैठाकर जब वह उसे भोजन कराती थी, तब वह पंखा झलती हुई थोड़े-से घूंघट की ओट से उसे अपलक देखती थी। जब वह घर से कहीं बाहर जाता अथवा दरवाजे से कहीं खेत-सिवान तक भी जाने लगता, तो सुभागी बाहर दरवाजे पर आधी खुली हुई किवाड़ के पीछे छिपकर खड़ी हो जाती और जाते हुए रामानंद को तब तक देखती रहती जब तक वह आंखों से ओझल न हो जाता। और जब वह सुभागी की आंखों से बिल्कुल ओझल हो जाता, पंजे पर खड़ी-खड़ी देखने पर भी जब वह नहीं दिखाई पड़ता, तब सुभागी कुछ गुनगुनाती हुई भीतर आंगन में चली जाती।

और प्रत्येक सन्ध्या को, जब सुभागी अपने आंगन में खड़ी होकर नीले आकाश की ओर देखती, और पाती कि चिड़ियां अब अपने-अपने बसेरे को जा रही हैं, तब उसे नित्य उसी समय अपनी मां जमुना की याद आती थी।

सुभागी के लिए मां की स्मृति में कितनी करुणा थी, कितनी पराजय और थकान थी, इसे सोचते ही उसकी आंखें नित्य संध्या को बरस पड़ती थीं।

वह फिर आंगन से पिछवाड़े, खिड़की की ओर चली जाती और खिड़की के चौखटे पर खड़ी होकर वह करुणापूर्ण आंखों से दूर सूने आकाश को देखने लगती, वह सूना आकाश जो सिकन्दरपुर से फैलता हुआ चुपचाप पुरैना तक चला गया था। वह क्षण भर में पुरैना पहुंच जाती और देखती, बीमार मां खाट पर पड़ी है। दरवाजा सूना है, दरवाजे पर अब कोई जानवर नहीं है। सब खेती पदारथ काका की जिम्मेदारी पर है; क्योंकि मां के पास न अब किसी चीज का साहस

है न उत्साह। उसकी कमर झुक गई है, आंखों में अब वह रोशनी न रही।

'क्या हो गया मां, तुझे इतनी जल्दी?' सुभागी शून्य में ही यह पूछ बैठती। और वह उत्तर में सुनने भी लगती कि मां मानो कराहती हुई धीरे-धीरे कह रही है, 'बेटी! मैं तो मर तभी गई थी, जब तेरे बाबूजी का स्वर्गवास हो गया, लेकिन मैं केवल तेरे लिए जी रही थी, क्योंकि तुझे जिलाना था। अब तू जी गई, सुहागन होकर अपने घर चली गई। अब मेरे जीने का धर्म समाप्त हो गया।...फिर पुरैना ऐसे गांव में एक मुर्दा कहां तक जीए बेटी!'

सुभागी मां से जिन बातों को अपने शून्य में सुनती थी अथवा अनुभूति के आधार पर कल्पना करती थी, उनमें से बहुत बातें सत्य थीं। आते-जाते आदमियों से पता चलता था कि अब मां की दशा दिनों-दिन बिगड़ती जा रही है। उसे उठने-बैठने में कष्ट होता है। उसकी दाईं आंख से बहुत कम दिखाई पड़ता है।

भादों उतरते-उतरते बुआ और मामी अपने-अपने घर चली गईं और सुभागी अपनी घर-गृहस्थी में अकेली बुढ़िया दादी के साथ रह गई।

मां की याद अब सुभागी को और भी आने लगी। घर के कारोबार से जैसे ही उसे क्षण भर की छुट्टी मिलती, मां की याद उसे पागल बना देती थी। वह खिड़की पर जाकर खड़ी होती और उसकी आंखों से आंसू गिरने लगते।

जमुना कभी भी अपनी वास्तविक मनोदशा या स्थिति से सुभागी को परिचित न होने देती थी। वह कभी न चाहती थी कि उसकी करुणा और विपत्तियां बेटी की सुख-शांति पर अपनी काली छाया डाले। लेकिन उसकी प्रतिक्रिया से सुभागी और भी अशांत और चिन्तित रहती।

सुभागी ने एक रात स्वप्न में देखा कि मां बहुत बीमार है। उसकी नींद तुरंत खुल गई और वह तत्काल रोने लगी। उसने रामानंद से आग्रह किया कि वह सुबह ही पुरैना जाए और मां को यहां लिवा लाए।

रामानंद जब पुरैना पहुंचा, उसने देखा, वास्तव में जमुना बीमार पड़ी थी और वह पूर्णतः निःसहाय थी। रामानंद को देखकर उसे पूर्ण शांति मिली; लेकिन जब उसने जमुना को सिकन्दरपुर सुभागी के पास ले चलने की बात चलाई, उसने अपनी असमर्थता प्रकट करते हुए रामानंद से बताया, "बह जल्दी अच्छी हो जाएगी, बेटी से कहना कि वह मेरी चिंता न करे, मैं अभी मरुंगी नहीं। और बेटा! मैं बेटी के गांव कैसे जा सकती हूं! मुझे तो उसका सिवान भी नहीं कांड़ना चाहिए, उसके यहां जाने की बात तो दूर रही। मैं ब्राह्मणी हूं और सुभागी के बाबूजी इस क्षेत्र के बहुत बड़े पंडित थे, मुझे उनकी मर्यादा का पालन करना चाहिए न!"

रामानंद ने दूसरा प्रस्ताव यह किया कि वह सुभागी को ही पुरैना भेज दे और वह तब तक मां के पास रहे, जब तक उस की तबीयत बिल्कुल ठीक न हो जाए। जमुना ने दामाद का यह प्रस्ताव भी स्वीकार नहीं किया। वह बार-बार इसी सत्य को दुहराती रही कि मेरी बेटी जहां है, वहीं सुख और शांति से रहे। मैं कभी नहीं चाहती कि मेरी सुभागी मेरे इस दुश्मन गांव पुरैना में आए। मैं तो यहां तक भी नहीं चाहती कि मेरे मरने के बाद मेरी लाश इस गांव के सिवान या धरती में जलाई या गाड़ी जाए।

जिस सुबह को रामानन्द पुरैना से बिदा होने वाला था, उस सुबह उसने देखा, जमुना का बुखार बहुत तेज हो गया था। बलगम से उसका

सारा सीना जकड़ गया था। रामानंद ने घर लौटने का विचार छोड़ दिया और वह जमुना की खाट संभाले वहीं बैठ गया।

बांसी से कई डाक्टर आए। सुबह से शाम तक जमुना को न जाने कितने इंजेक्शन दिए गए, लेकिन उसकी दशा बिगड़ती गई।

रात के पिछले पहर जमुना एकाएक ठीक-सी हो गई। उसका बुखार सहसा उतर गया। रामानंद ने उसका पूरा शरीर छुआ, पूरा शरीर ठंडा हो रहा था। जमुना आंखें खोले रामानंद को देख रही थी। उसके पीले चेहरे पर रोशनी की एक मद्धिम-सी झलक उभर रही थी। गले और सीने का बलगम बैठ गया था। वह बहुत ही अस्पष्ट स्वर में अब राम-राम शब्द का उच्चारण भी करने लगी थी।

रामानंद को शांति थी। वह कमरे से निकलकर रात का अंदाज लगाने के लिए आंगन में चला आया। आकाश में उसने देखा, सितारे कम हो चले थे। उत्तर के सात तारे पश्चिम दिशा में बढ़ गए थे। बृहस्पति तारे का वर्ण पीला हो चुका था और पूरब का शुक्र उदित हो गया था।

रामानंद थोड़ी देर तक आंगन में घूमता रहा, फिर वह दबे पांव जमुना के कमरे में चला आया। जमुना शांत-निश्चल पड़ी थी। उसने उसके मुख पर से चादर हटाकर देखा और वह पत्थर-सा रह गया। जमुना वहां न थी। वह इतने ही क्षणों में सांसे तोड़ चुकी थी और उसकी मुर्दा आंखें यद्यपि खुली रह गईं, लेकिन वे हमेशा के लिए शांत हो चुकी थीं। होंठ दाईं ओर टेढ़े होकर पथरा गए थे।

रामानंद रोया नहीं, वह जमुना के मुंह को भली भांति ढककर, सिरहाने बैठा, अनवरत गति से राम-राम कहने लगा और वह अंधकार में देखने लगा, सुभागी चीखती और करुण विलाप करती हुई मां के शव से लिपट गई है।

जमुना के शव को सुबह टिकठी पर रखकर, रामानंद पदारथ काका के सहारे पुरैना गांव से बांसी लाया। बहुत ऊंचे किराये पर उसने एक टैक्सी की और सड़क से सरजू नदी की ओर चल पड़ा। अयोध्या-घाट पर पहुंचकर उसने चिता का सारा प्रबंध किया और तीसरा पहर होते-होते उसने सरजू के तट पर जमुना की दाह-क्रिया कर दी और कफन का टुकड़ा लिए हुए वह वापस चल पड़ा।

सिकन्दरपुर पहुंचकर रामानंद एक बार अवश्य रोया, लेकिन जब वह अपने घर के दरवाजे पर आया, उसके आंसू सूख गए।

अन्तयेष्टि क्रिया के समस्त व्यापारों से रामानंद दूसरे महीने निवृत्त हो सका। उस दिन वह पूरे डेढ़ महीने के बाद घर में गया। आंगन बहुत सूना था। वह सीधे अपने कमरे में गया, सुभागी वहां भी नहीं थी। वह खिड़की की ओर गया। उसने देखा, सुभागी दरवाजे के सहारे खड़ी थी।

"ओ, मेरी मालकिन!" रामानंद ने प्यार से पुकारा और तेजी से आगे बढ़कर वह सुभागी के सामने खड़ा हो गया।

सुभागी फौरन वहां से मुड़ी। अपने कमरे में आई और रामानंद की गोद में अपना सिर छिपाकर वह इस तरह फूट-फूटकर रोने लगी, जैसे रामानंद ही जमुना हो और सुभागी चार वर्ष की सुग्गी हो। वह कुछ कह नहीं रही थी; बस, बच्चों की तरह रोती जा रही थी।

रामानंद उसे समझा रहा था, "अब क्या फायदा होगा रोने से! उसका मर जाना ही अच्छा हुआ। वह बहुत प्रसन्न थी मरते समय। उसकी सारी मनोकामना पूरी हो गई। उसके लिए मत रोओ सुभागी! नहीं तो स्वर्ग में उसकी आत्मा को कष्ट होगा!"

"सच, कष्ट होगा?" सुभागी एकाएक चुप-सी हो गई।

"हां, जब तुम रोओगी, तब उसकी आत्मा भी अशांत होकर

रोएगी," रामानंद ने बताया, "और जब तुम हंसोगी, प्रसन्न रहोगी, तब उसकी आत्मा को स्वर्ग में शांति मिलेगी!"

"सच!" सुभागी के होंठों पर मुस्कराहट दौड़ गई, "मेरी मां को स्वर्ग मिला होगा?"

"हां, जरूर मिला होगा," रामानंद ने भोली सुभागी को समझाते हुए कहा, "रामायण में लिखा हुआ है कि मरते समय जिसके मुंह से एक बार भी राम शब्द का उच्चारण हो जाए, उसे बैकुंठ मिलता है। और मां तो मरते समय राम-राम की ही रट लगाए हुए थी।"

"सच, राम कसम?" सुभागी प्रसन्नता से हंसने लगी और साथ ही साथ उसकी आंखों से आंसू झरने लगे।

"तुम कितना आंसू बहाती हो सुभागी," रामानंद अपने अंगोछ से सुभागी के आंसू पोंछने लगा, "तु रोती हो तब भी तुम्हारी आंखों से आंसू बहते हैं, और जब तुम हंसती हो तब भी, अजीब हालत है तुम्हारी!"

आंगन से उसी समय दादी की पुकार आई और वे दोनों कमरे से निकलकर आंगन में चले आए। दिन ढल चुका था। आधे आंगन में धूप थी और आधे आंगन में खपरैल की छाया की नमी उतर आई थी। दादी उसी छाया में खटोले पर बैठी हुई चावल में से उरद अलग कर रही थी।

कमरे से बाहर निकल कर, सुभागी आंगन के पावे के सहारे खड़ी थी। रामानंद दादी के बिल्कुल पास बैठा था।

"क्या है रे दादी?" रामानंद ने पूछा।

"है क्या?" दादी ने अधिकारपूर्ण शब्दों में कहा, "बैसाख से आज कार्तिक, छः-सात महीने बीत गए, हमारी दुल्हन बेटी घर से

बाहर नहीं निकली! बेचारी की तबीयत न उकताती होगी, अभी बच्ची ही तो है!"

"तो बता, फिर मैं क्या करूं?" रामानंद ने दादी से पूछा, "मैं इसे भी खेत-बारी में ले जाऊं दादी?"

रामानंद सुभागी को देखकर मुस्करा पड़ा और वह शरमा गई।

दादी ने बिगड़ते हुए कहा, "नहीं रे ऐसी बात! खबरदर, जो मेरी दुल्हन बेटी को तूने घर से निकालकर उसे खेती-बारी का मुंह देखने दिया। यह मेरे घर की लक्ष्मी है। समझा न?"

"समझा दादी!"

"मैं यह कह रही थी," दादी ने सामने की परात को बाईं ओर टालते हुए कहा, "परसों सागरा का मेला है। मेरी दुल्हन बेटी को यह मेला जरूर दिखा लाओ। घर पर मैं रहूंगी, सब प्रबंध देख लूंगी। तुम लोग सागरा के मेले में जरूर जाओ। मौनी बाबा के सगरे में स्नान करना। दुल्हन को सीताकुंड दिखाना...!"

"कैसा सीताकुंड दादी?" सुभागी ने पास आते हुए पूछा और वह स्वयं बैठकर परात के चावल से उरद अलग करने लगी।

"तू सीताकुंड नहीं जानती?" दादी ने आश्चर्य कर, स्वयं उत्तर दिया, 'लव-कुश कांड में बेटी! जब राम ने अपने पुत्रों लव-कुश को पहचाना फिर वे सीता जी के पास गए और उन्हें अयोध्या चलने की उन्होंने प्रार्थना की। लेकिन बेटी! तुझे मालूम ही होगा, सीता धरती की पुत्री थी। अब धरती नहीं चाहती थी कि उसकी बेटी इस संसार में ठोकर खाए। फिर क्या हुआ कि धरती माता का सीना फट गया और उसमें सीता समा गई। और वही जगह अब कुंड हो गया, जिसे 'सीताकुंड' कहते है।"

"मैंने तो सुना है दादी कि सागरा के पंडों ने इस कहानी के आधार

पर उसे झूठ-मूठ में 'सीताकुंड' का नाम दे दिया है।" रामानंद ने दादी की बात काटते हुए कहा, "असली सीताकुंड तो दादी, मेरे विचार से कहीं गंगा के किनारे उस घने बन में होगा जहां मुनि का आश्रम रहा होगा और जहां बनवासी सीता रही होगी!"

"तू क्या बकता है रे!" दादी ने अपने विश्वास पर बल देते हुए कहा, "मैं झूठ कहती हूं? सीता वहीं सागरा में धंसी बी और वही सीताकुंड है।"

"अच्छा दादी, मैं भी मान गया," रामानंद ने स्वीकार किया, "वही असली सीताकुंड है।"

"हां, दुल्हन को सीताकुंड दिखाना," दादी ने अपनी पिछली बात का सिलसिला आगे बढ़ाते हुए कहा, "दुल्हन बेटी को फिर झड़ुल्ले बाबा की कुटी पर ले जाना। कुटी की परिक्रमा कराना और बाबा से साफ-साफ कह देना, सरमना नहीं, कि बाबा! सात महीने हो गए, मेरी दुल्हन की गोद खाली है...।"

सुभागी शरमाकर वहां से भाग निकली। रामानंद हंसने लगा; लेकिन दादी अपनी बात पूरी करने लगी थी, "बाबा से भभूत ले लेना और मेला घूम-देखकर शाम होते-होते घर लौट आना, हां...।"

सिकन्दरपुर के क्षेत्र में सागरा का मेला सबसे बड़ा मेला था। तीस-तीस कोस के यात्री लोग उसे देखने के लिए, उसमें भाग लेने के लिए आते थे। रामनगर, हरैंया, टांडा, लालगंज, बस्ती, फैजाबाद और गोंडा तक की दुकानें उसमें आती थीं। खाने-पीने, खेल-तमाशे और गहना-गुरिया,कपड़े-लत्ते की दुकानों के अतिरिक्त उस मेले में एक ओर जानवर बिकने के लिए आते थे, बैल, गाय और ऊंट। दूसरी ओर उसमें लकड़ी के बहुत कीमती और उम्दा सामान बिकने आते थे, जैसे बैलगाड़ी के

चक्के, हरसे, जुए। खेती के सामान में, जैसे हल-हेंगा, जुआठा और हरस वगैरह और घर बनाने के सामान में, जैसे बड़ी-बड़ी सागौन की बल्लियां, शीशम के पटरे, माहू-आम-नीम की तड़कें, शाखू की उम्दा-उम्दा शहतीरें और दो सौ रुपये से लेकर एक हजार रुपये तक के शीशम शाखू-सागौन की शाल के दरवाजे।

मेले में कई अखाड़े होते थे, जहां वर्षों की बदी हुई पहलवानों की कुश्तियां होती थीं। रोंगटे खड़े कर देने वाली भेड़ों की लड़ाइयां होती थीं।

इस तरह सागरा का मेला एक सप्ताह तक चलता था और उसके प्रबंध में जिले के एस० पी०, कोतवाल और कई थाने वहां आकर अपने डेरे लगाते थे।

सिकन्दरपुर की कई बैलगाड़ियां सागरा के मेले आई थीं, लेकिन सुभागी की बैलगाड़ी रात के चार घंटे तड़के चलकर पौ फटते-फटते सागरा पहुंच गई।

सुभागी ने अब तक अपने जीवन में इतना बड़ा मेला नहीं देखा था। वह रामानंद के साथ सबसे पहले मौनी बाबा के सगरे पर गई। गांठ जोड़कर उन दोनों ने सगरे में स्नान किया। बीस आने पैसे और एक सीधा छू कर उन्होंने मौनी बाबा के मंदिर पर चढ़ाया। गांठ जोड़कर उन दोनों ने सात बार मंदिर की परिक्रमा की। अंतिम परिक्रमा समाप्त करके सुभागी ने मंदिर की देहरी पर अपना सिर टेकते हुए मन ही मन में प्रार्थना की, 'हे ईश्वर! जब तक सूरज और चांद रहें, तब तक मेरा सुहाग अमर रहे।'

सुभागी की आंखों में फिर आंसू उमड़ पड़े, जिसे देखकर रामानंद मुस्करा पड़ा, "यहां आंसू की क्या बात आ गई?" इसके उत्तर में सुभागी हंस पड़ी और वह रामानंद के साथ मंदिर की सीढ़ियों से उतरती हुई मेले

में चली आई।

मेले को पार करके सीताकुंड पहुंचने का रास्ता था। सुभागी रेशमी साड़ी के ऊपर पीले रंग की एक मोटी चादर ओढ़े थी। उसी चादर को ओढ़कर, उसी के घूंघट में वह डोले से उतरी थी। मेले में चलते हुए सुभागी से वह चादर संभालते न बनता था। बार-बार उसके सिर से चादर कंधे पर अ जाती थी और लोग उसे घूर-घूरकर देखने लगते थे। फिर उसे बड़ी झुंझलाहट होती थी और वह तुरंत बढ़कर रामानंद का हाथ पकड़ लेती थी।

पूरे एक घंटे में सुभागी मेले को किसी तरह पार करके 'सीताकुंड' आई। यहां भी बड़ी भीड़ थी, लेकिन भीड़ मुख्यतः औरतों की ही थी, अतएव उसे यहां बड़ी शांति मिली।

सीताकुंड पक्की ईंटों का बना हुआ एक गहरे-से कुंड के रूप में था। उसमें पानी कम, कीचड़ बहुत था। ऊपर से कुंड में उतरने के लिए केवल एक ओर चौड़ी सीढ़ी थी। मेले के प्रबंधकों ने सीढ़ी के बीचोबीच ऊपर से नीचे तक दो मोटी-मोटी रस्सियां बांध रखी थीं। एक ओर से औरतें नीचे उतरती थीं और दूसरी ओर से ऊपर वापस लौटती थीं।

इसमें मुख्यतः औरतें दर्शन करने के लिए और कुंड की धरती छूने के लिए जाती थीं और पुरुष केवल वे जा सकते थे जो अपनी पत्नी के साथ हों।

रामानंद सुभागी को दायें हाथ में संभाले, ऊपर से कुंड में उतरने लगा। उस उतराई में सुभागी की चादर उसे और कष्ट देने लगी। रामानंद ने उसकी चादर उतारकर अपने कंधे पर रख ली और वे दोनों कुंड में उतर गए। दोनों ने कुंड की धरती को हाथ से छूकर उसे अपने माथे पर लगाया। सुभागी ने अपने मन ही मन कहा, 'हे सीता जी ! मेरा पतिव्रत

भी इसी तरह अमर रहे। वे सदा जीवित रहें और मैं उनके सामने उनके देखते-देखते इसी तरह धरती में खो जाऊं।'

रामानंद ने कौतूहल-वश सुभागी की आंखों में देखा। इस बार उसे उसकी आंखों में आंसू न मिला, बल्कि एक ऐसा प्रकाश मिला, जैसे अग्नि का प्रकाश होता हो।

सीताकुंड से ऊपर आकर सुभागी ने फिर चादर ओढ़ ली और उससे अपने मुख पर हल्का-सा घूंघट बना लिया, जिससे कोई उसकी आंखों को न देख सके। सुभागी को इसका बहुत ख्याल था।

सीताकुंड के दर्शन के बाद रामानंद ने हंसते हुए सुभागी के सामने झड़ुल्ले बाबा की कुटी के दर्शन का प्रस्ताव रखा। सुभागी इस प्रस्ताव पर बच्चों की बरह शरमाती रही और उसके पैर आगे बढ़ने से और भी लज्जा और संकोच से सहम रहे थे। वह आगे बिल्कुल न बढ़ती थी, बस हंसती थी, मुस्कराती थी और शरमा जाती थी। यहां तक कि उसका पूरा मुंह लज्जा के भार से गुलाबी हो गया। वह हां-नहीं कुछ करती ही न थी।

रामानंद भी संकोच में पड़कर उधर न जा सका और बह सुभागी के साथ मेले की ओर बढ़ गया।

मेले में सुभागी रामानंद के साथ पूरे चार घंटों तक घूमती रही। भीड़ में जहां कहीं भी सिकन्दरपुर का कोई पुरुष रामानंद के सामने से गुजरने लगता था या उसके सामने आ जाता, वह तत्काल सुभागी को अपने पीछे छिपा लेता; लेकिन जहां कहीं सिकन्दरपुर की कोई लड़की या औरत उनसे मिलती, रामानंद सुभागी को पूरी छूट दे देता कि वह उनसे मिले और मेले का आनंद ले।

सुभागी को मेले भर में दो चीजें बहुत पसंद आती थीं, मिट्टी के खिलौने और रंग-बिरंगी मालाएं, फूलों और मोतियों से गुंथे हुए सिर के

गहने और सुहाग की पक्की टिकुलियां। इन चीजों को सुभागी ने इतना खरीदा कि उसका आंचल भर गया।

चार घंटे दिन शेष रह गया था, उस समय रामानंद की बैलगाड़ी सागरा के मेले से घर के लिए रवाना होने लगी। इस बार सुभागी ने सिकन्दरपुर की उन चार औरतों को भी अपने साथ बैलगाड़ी पर बिठा लिया, जो मेले में गांव से पैदल चलकर आई थीं और पैदल जा रही थीं। वे चार औरतें थीं, विद्या की मां और विद्या तथा केशर की मां और केशर।

विद्या-केशर सुभागी को 'सखी भाभी' कहती थीं और सुभागी उनकी मां को दिवान जी कहती थी।

बैलगाड़ी पीछे की ओर पर्दे से ढकी थी और पर्दे के बाहर बिल्कुल आगे खेलावन रामानंद का हलवाहा, बैठा हुआ गाड़ी हांक रहा था और उसके पीछे पर्दे से सटकर रामानंद बैठा था। पर्दे में औरतें बैठी थीं।

खेलावन रामानंद से मेले की घटनाएं बता रहा था। सूरजपुर और तेनुवां के ठाकुरों में बड़ी तेज लाठी चल गई थी। तेनुवां के ठाकुर महीपतिसिंह ने सूरजपुर की एक चमारिन को आज दो वर्ष हुए, अपने घर बैठा लिया था और इस मेले में वह उसे लेकर यहां आए थे। सूरजपुर वालों ने उन्हें देख लिया। महीपतिसिंह अपनी चमारिन के लिए एक पटहार की दुकान पर गहना खरीद रहे थे और सुरिया उसके पास खड़ी-खडी पान का बीड़ा चबा रही थी। इतने में सूरजपुर वालों ने सुरिया चमारिन को पकड़ लिया। सुरिया चिल्लाई और उधर तेनुवां के ठाकुरों को भी पता चला और दोनों गांवों में जमकर लाठी चली। कितने घायल हुए, लेकिन तेनुवां वालों ने सुरिया को अपने हाथ से न जाने दिया।

खेलावन यह भी बता रहा था, कितने अखाड़ों पर कौन-कौन से पहलवान पटके गए और उन पर कितनी जगह लाठियां चलीं। भेड़ों की लड़ाई में कितने भेड़ मरे, कितनों की सीघें टूटीं, खेलावन के पास सुन-सुनाकर इन सबका ब्योरा था।

दुल्लेपुर के एक कुरमी ने पांच सौ रुपये लेकर अपनी बड़ी लड़की की शादी दौहट के चौधरी के यहां की थी। गौने के बाद दुल्लेपुर वाला उसको अपने घर लिवा लाया और ढाई वर्ष हो गए, उसने अपनी बेटी को चौधरी के घर बिदा ही नहीं की। इस मेले में दौहट के चौधरी ने लड़की को जबरदस्ती अपनी गाड़ी पर बिठा लिया और दुल्लेपुर वाला अपना सिर पीटता ही रह गया।

खेलावन गाड़ी हांकता हुआ रामानंद को मेले की खास-खास घटनाओं का ब्योरा दे रहा था।

और गाड़ी में पर्दे के भीतर सुभागी औरतों के साथ गीत गा रही थी।

बैलगाड़ी सागरा के मेले से सिकन्दरपुर के रास्ते पर चली जा रही थी। दिन डूबने में केवल एक घंटा शेष था।

रामानंद दो विभिन्न दुनिया के बीच में बैठा चल रहा था। उसके सामने खेलावन बैठा था। वह यथार्थ दुनिया की तस्वीरें रख रहा था। गांव की नंगी स्थितियों की वह चर्चा करता जा रहा था। और रामानंद के पीछे उसको दुल्हन सुभागी की सपनों भरी दुनिया थी, जहां वह अपने गीतों के संगीत भरे पंख पर उसे बिठाकर एक ऐसी अनोखी दुनिया में ले जा रही थी, जहां गीत है, शांति है, स्नेह है और जीवन में कर्तव्यरत होने की अद्भुत प्रेरणा है।

संध्या होते-होते रामानंद की बैलगाड़ी सिकन्दरपुर पहुंची। संध्या से लेकर दो घंटे रात तक, गांव के प्रायः सब लोग सागरा के मेले से लौट

आए और उस समय से एक अजीब-सी खबर गांव में धुएं की तरह धीरे-धीरे फैलने लगी।

बैजू सिंह के बड़े लड़के किरपाल ने मेले में भगवंती को दो रुपया नगद दिया था और उसने भगवंती को भर-बांह की चूड़ियां भी पहनाई थीं। तभी वह अपने पति रामलाल को घर पर ही छोड़कर अकेले सागरा के मेले में गई थी। लोगों ने देखा था कि वह मेले भर में किरपाल के साथ टहल रही थी।

पूरा गांव मेले से लौटकर किरपाल और भगवंती की चर्चा कर रहा था और उधर रामलाल भगवंती को कमरे में बंद करके उसे जूतों से मार रहा था। उसके दोनों हाथों की चूड़ियां फूट गई थीं। उसकी कलाइयों से खून बह रहा था। रामलाल की निर्मम मार से वह अपने घर में बंद इस तरह तड़पकर रो रही थी, जैसे कसाई के कटघरे में गौ चिंघार रही हो।

काफी रात बीत चुकी थी। घायल भगवंती अब भी बिना अन्न-पानी के कमरे में बंद, रो रही थी। सुभागी ने रामानंद को विवश करके रामलाल के घर भेजा। जिस समय वह रामलाल के दरवाजे पर पहुंचा, उस समय रामलाल भोजन करके खाट पर बैठा हुआ कच्ची सुरती बना रहा था और अपने आप बैजूसिंह और किरपाल को गालियां सुनाता जा रहा था।

रामानंद ने पास पहुंचकर अत्यंत विनम्र शब्दों में कहा, "काका! जो हुआ, उसे क्षमा करो!"

"क्षमा करूं!' रामलाल ने गंभीरता से कहा, "किसे क्षमा करूं?"

"काकी को।"

"तुम्हारी तरह मुझे अपनी नाक नहीं कटानी है रामानंद!" रामलाल ने बरसते हुए कहा, "मुझे अपनी कुलमर्यादा की चिंता है। तुम्हारी औरत एक कलमुंहीं विधवा की लड़की है, तुम उसे लेकर

दुनिया में घुमाओ-फिराओ, खूब नचाओ; लेकिन मेरी स्त्री...उसकी एक-एक बोटी काट करके मैं उसे धरती में गाड़ दूंगा, बैजूसिंह से अपनी जान की बाजी लगा दूंगा; लेकिन अपनी कुल-मर्यादा पर आंच तक नहीं आने दूंगा।"

रामानंद के पास कोई भी शब्द न था। वह चुप था। उसे लग रहा था, जैसे रामलाल काका ने उसे अनायास एक ऐसे चाबुक से भारा हो, जो उसके सिर से पैर तक उसे एकाएक जला रहा हो।

वह चुपचाप अपने घर लौट आया।

रात भर रामानंद और सुभागी को नींद न आई। वे दोनों जागते रहे और भगवंती सारी रात अपने घर में बंद रोती रही।

उसी सप्ताह के अंत में भगवंती एकाएक घर से गायब हो गई। रामलाल रोता हुआ उसे ढूंढ़ता रहा और एक दिन गांव के चरवाहों ने नाग बाबा के कुएं में देखा, भगवंती की लाश फूलकर पानी पर तैर रही थी।

आठ

सुभागी और रामानंद की गृहस्थी इतनी शांत और सुखी थी कि पूरा सिकन्दरपुर उनसे स्पर्धा करता था। सुभागी अपने रामानंद को पति के ही रूप में नहीं देखती थी, वरन वह ही सारी अनुभतियों से उसे ईश्वर के रूप में पाती थी। नुवाकी मां जमुना ने ईश्वर और भक्त के संबंधों को लेकर उसे कितनी कथाएं बनाई थीं। सुभागी ने स्वयं रामायण, सुखसागर और प्रेमसागर आदि ग्रंथों में ईश्वर की महानता-उदारता की कथाएं पढ़ी

थीं। ईश्वर अपने भक्तों को स्नेह-उद्धार के लिए कितने अवतार लेता है! रामानंद के व्यक्तित्व में सुभागी ईश्वर के इन्हीं तत्वों को पाती थी। वह अब तक कभी-कभी अपनी स्थितियों को लेकर चिंतन करने लगती थी कि अगर रामानंद न होता, तो उसे कौन कुलीन ब्राह्मण अपनी पत्नी बनाता? पुरैना वालों ने तो यह सिद्ध ही कर दिया था कि सुभागी कलमुंहीं विधवा ब्राह्मणी जमुना की पापी संताछ है। अगर रामानंद ने उसका उद्धार न किया होता, तो उसकी अकेली विधवा मां क्या करती? वह रो-पीटकर मर जाती और सुभागी सदा के लिए एक ऐसे रास्ते पर अकेली छुट जाती जिसके आगे कोई रास्ता न था, चारों ओर कुएं थे, गड्ढे थे और ऊंचे-ऊंचे सरजू नदी के कगार थे।

सुभागी अब भी जब, अपने जीवन के उस कारुणिक अतीत को सोवती तो वह सिर से पैर तक कांप जाती, फिर वह डरे हुए बच्चे की भांति दौड़ी हुई रामानंद के पास जाती और उसके अंक से चिपक जाती। रामानंद हंसने लगता है स्नेह से वह सुभागी के माथे पर अपना हाथ फेरने लगता और सुभाभी अपने को छिपाती हुई कहती, 'देखो, मुझे अकेली छोड़कर कहीं मत जाना।'

रामानंद और फुटकर हंस पड़ता। लेकिन सुभाग उसके अंक में अपने मुंह को छिपाए कहती रहती, 'मुझे अकेले सच, डर लगता है, घर में भी और खिड़की पर भी।'

रामानंद मजाक करता, 'सिकन्दरपुर कोई पुरैना व थोड़े ही है!' सुभागी तुरन्त उत्तर देती, 'सब गांव एक ही तरह के होते हैं। किसी को सखी देखकर वहां के भी लोग जलते थे, यहां भी लोग जलते हैं। वहां भी लोग अपनी औरतों को कसाई की तरह मारते थे। थोड़ी-सी गलती पर उन्हें कुआंइनार ताकना पड़ता था, ठीक यही हालत यहां भी तो है।'

सुभागी के इन उलाहनों और दुश्चिंताओं का रामानंद के कोई उत्तर न था। वह सुभागी को देखता हुआ बस मुस्कराता और धीरे-धीरे वह उदास हो जाता, तब सुभागी उसे प्रसन्न देखने के लिए हसने लगती और उसके दायें हाथ को अपनी दोनों हथेलियों में कस लेती और अत्यंत स्फुट स्वर में कहने लगती, 'तुम तो मेरे राम हो! मेरे तो तुम ईश्वर हो!'

पूस की ठंडी रात थी और उसका पिछला पहर शीतकुहरा और पाला से इतना भर रहा था कि कहीं हाथ पसारे न सूझता था। गेहूं-मटर की फसल पूरी उभार पर थी और दोनों फसलों पर पाला मारने का डर सब किसानों को लगा रहता था। इससे खेती की रक्षा का केवल यही उपाय था कि दोनों फसलों की खूब सिंचाई हो और धरती की नमी कभी कम न होने पाए।

कुएं पर पानी बांधने का समय होते-होते एकाएक रामानंद की आंखें खुल गईं। वह राम-राम कहते हुए उठा और चुपके से दरवाजा खोलकर बाहर जाने लगा; लेकिन सुभागी जग गई। वह भी जल्दी से उठकर रामानंद के पास चली आई। सुभागी को मालूम था कि उसके हलवाहे हंसराज की तबीयत खराब है इसीलिए कुएं पर एली बांधने के लिए मानद को जाना होगा। पूस की इतनी कांपती हुई रात के भोर में अकेले रामानंद कुएं पर पानी बांधने जाए और सुभागी अकेले कमरे में गर्म लिहाफ में सोए, उससे यह नहीं हो सकता था। अतएव वह आग्रह करके रामानंद के साथ चली।

रामानंद ने अपने कंधे पर कूंड़ और बरेत (रस्सी) रखा, सुभागी ने अलाव का सामान लिया और दोनों घर से बाहर निकले।

बेतरह कुहरा पड़ रहा था। पेड़-पौधों से शीत की नन्ही-नन्ही बूंदें टपक रही थीं और भोर का सारा वातावरण शांत-निस्तब्ध था। लेकिन बीच-बीच में कभी-कभी ठंडक की मारी हुई लोमड़ी अपनी 'खो-खो-

खो-खो' की पुकार से समूची निस्तब्धता को इस तरह भंग कर देती थी, जैसे अंधकार की शांति में कोई रह-रहकर कराह रहा हो।

पूरब के डांड़े-कुएं पर पहुंचकर सुभागी ने अलाव जलाया और रामानंद पानी चलाने लगा।

"आवो अलाव के पास थोड़ी देर तक हाथ सेंक लो," सुभागी ने कुछ ही क्षणों के बाद आग्रह किया, "हाथ गर्म हो जाए, फिर पानी चलाना।"

कुएं का चलाया हुआ पानी जब नाली से खेत की ओर बहने लगा, रामानंद तब कुएं की जगत से उतरकर अलाव के पास आया और आग के सामने अपनी देह से कने लगा।

दूर की बोलती हुई लोमड़ी एकाएक पास अरहर के खेत में बोल उठी, 'खो...खो...खो...खो।'

सुभागी ने पूछा, "लोमड़ी रो रही है क्या?"

"उसे शीत और पाला मार रहा है।"

"तो वह और जानवरों की तरह अपनी मांद में क्यों नहीं छिपकर बैठ जाती?" सुभागी ने कहा और उत्सुकता से वह रामानंद का मुंह देखने लगी।

रामानंद ने बताया, "रात को वह अपनी मांद ढूंढ़ नहीं पाती, इसीलिए तो वह रात भर अपनी मांद ढूंढ़ती हुई रोती फिरती हैं कि खो... खो...खो...खो...खो; यानी मेरी मांद खो गई...खो गई।"

कुछ क्षणों के बाद रामानंद कुएं से फिर पानी चलाने लगा और इधर धीरे-धीरे सुबह होने लगी।

रामानंद ने सुभागी से कहा, "चलो, अब तुम्हें मैं घर छोड़ आऊं, नहीं तो तुम्हें कोई देख लेगा।"

सुभागी हंसने लगी, "कोई देखकर क्या करेगा?"

"बदनामी होगी!" रामानंद ने कुएं से नीचे उतरते हुए कहा।

"बदनामी किसे कहते हैं?" सुभागी ने मुस्कराते हुए कहा, "तुम कुएं पर पानी चलाओ और मैं खेत में पानी संभालू! घर में अकेली बैठी क्या करूंगी?"

रामानंद सुभागी को अपनी बांह में समेटकर कुएं से गांव की ओर बढ़ने लगा। आसमान से धरती के बीच, चारों ओर शीत और कुहासा भरा था। पेड़-पौधे, बड़े-बड़े वृक्ष तक उसमें खो गए थे।

थोड़ी देर के उपरांत जब रामानंद दौड़ता हुआ कुएं पर वापस लौटा, उसने देखा, नाली में पानी सूख चुका था। वह बहुत तेजी से पानी खींचने लगा और थोड़ी ही देर में उसने नाली को पानी से लबालब भर दिया।

सूरज की किरणें फूट आईं। रामानंद को अकेले कुएं पर पानी चलाते हुए पक्के दो घंटे बीत गए। वह बार-बार गांव की ओर रास्ता देख रहा था और कभी-कभी कुएं पर से पुकारने लगता, "खेलावन हया हो! ऐ खेलावन!!"

रामानंद की यह पुकार कुएं से गांव में आती और इसका स्वर सबसे पहले सुभागी के कानों में टकराता और वह बेचैन हो रही थी कि अब तक खेलावन कुएं पर नहीं पहुंचा और वे अब तक अकेले कुएं पर पानी चला रहे हैं।

सुभागी ने आग्रह करके दादी को खेलावन के घर भेजा। खेलावन सिर-दर्द का बहाना बनाकर अलाव के पास बैठा था और उसने कुएं पर पानी चलाने से बिल्कुल इनकार कर दिया।

दादी निराश कुएं पर पहुंची और उसने खेलावन के न आने की सूचना दी।

रामानंद हतोत्साहित न हुआ। खेत में पानी संभालने के लिए पल्टू आ गया था। उसने तय किया कि आज वह डांड़ के कुएं पर दिन भर अकेला पानी चलाएगा और खेलावन को अब वह अपनी हलवाही से निकाल देगा। दादी हठ कर रही थी कि पानी तोड़ दिया जाए, दूसरे दिन खेत सींच लिया जाएगा। लेकिन रामानंद की दृष्टि में यह संभव न था, क्योंकि उस कुएं पर पानी लेने की बारी अब देर में आएगी और तब तक मटर की जवान फसल को निश्चित रूप से पाला मार ले जाएगा।

पहर भर दिन चढ़ आया। रामानंद अकेले कुएं पर पानी चलाता रहा। सुभागी नाश्ता तैयार करके अपना सिर धुन रही थी। उसकी इच्छा हो रही थी कि वह घर से निकलकर डांड़े के कुएं पर जाए, रामानंद को नाश्ता कराए और स्वयं पानी चलाने लगे।

दादी नाश्ता लेकर कुएं पर गई। रामानंद ने नाश्ता किया और वह फिर पानी चलाने लगा। दादी ने सलाह दी कि क्यों न वह एक मजदूर कर ले! थोड़ी मजदूरी ज्यादा देनी पड़ेगी तो क्या? लेकिन रामानंद इस बात को सिद्ध करके दिखा देने पर तुला था कि उसमें इतना पुरुषार्थ है कि हलवाहों के धोखा देने पर भी किसी कुएं पर लिया हुआ पानी कभी टूट नहीं सकता।

सुभागी ने लखिया चमारिन को बुलाया। उसे चुपके से उसने एक रुपया दिया और कहा कि वह जल्दी से अपने पति भगेलू को डांड़े के कुएं पर भेजे।

भगेलू जब कुएं पर रामानंद को छुड़ाने गया, उस समय पांच घंटे से ज्यादा दिन बीत गया था। रामानंद कुएं पर से उतरने के लिए तैयार न हो रहा था। भगेलू ने बहुत समझाया, प्रार्थना की, खेलावन की तरफ से उसने माफी मांगी, तब रामानंद ने उसे पानी चलाने दिया।

पानी चलाते हुए भगेलू ने रामानंद से कहा, "भैया, जाओ। खाना खाकर, आराम करके तब कुएं पर आना, तब तक मैं अपना जोआ (पारी) पानी चलाता रहूंगा।"

रामानंद जब घर लौटा, उस समय सुभागी दोपहर का खाना बनाकर दरवाजे पर खड़ी-खड़ी उसकी बाट जोह रही थी। रामानंद को पाकर वह प्रसन्नता से आंगन में मुड़ी। आंगन में उसके हाथ-पैर धुलाते हुए उसने देखा, रामानंद की दोनों हथेलियां बिल्कुल सुर्ख हो आई थीं। सुभागी अपने मन में ही तड़पकर रह गई।

खाना खाकर रामानंद ने आराम न किया। वह सीधे कुएं पर जाने लगा और सुभागी निःसहाय दरवाजे पर खड़ी उसे देखती रह गई।

एक घंटा रात बीतते-बीतते पूरा खेत सिंचकर समाप्त हुआ। फिर रामानंद कूड़-बरेत लिए घर वापस आया। वह बेतरह थक गया था, लेकिन वह बहुत खुश भी था। उसका पूरा खेत सिंच गया, इससे अधिक खुशी उसे इस बात की थी कि उसने अपने पुरुषार्थ को देख लिया।

खेलावन दसरे दिन भी काम पर न आया और रामानंद उसे बुलाने भी नहीं गया, बल्कि उसने मन ही मन में यह तय किया कि वह उसे हलवाही से निकाल देगा।

कुदार है और हंसिया लेकर सुबह ही वह ऊस के खेत में गया और एक बोझ ऊख उसने काट गिराई। चार घंटे दिन चढ़ते-चढ़ते उसने सारी ऊख छील डाली। एक बोझ गन्ना निकला और दो बोझ उसके गेंड़ निकले। दो बार में उसने दोनों चीजों को यथास्थान ला गिराया। गन्ने को दातादीन बाबा के कोल्हू पर रखा और गेंड़ को अपने नेसुहे पर।

गन्ने से रस पेरने के बाद रामानंद ने थोड़ा-सा खाना खाया और शेष गन्ने का ताजा रस पिया और थोड़ी देर के बाद वह गेंड़ काटने के लिए नेसुहे पर बैठ गया और अनवरत दो घंटे तक ने सुहे पर गंड़ासा चलाता रहा।

चारा काटने के बाद उसने बैलों की नाद में पानी भरा और उनमें सानी बोझकर बैलों को लगा दिया।

हाथ-पैर-मुंह धोने के बाद रामानंद दरवाजे की खाट पर बैठा। दिन काफी ढल चुका था, मुश्किल से तीन घंटे दिन शेष थे। पूस महीने की हल्की धूप में वह अपनी थकान मिटाने लगा। वह थोड़ी देर के बाद खाट पर लेट गया और सुभागी दरवाजे पर खड़ी-खड़ी उसे देखने लगी।

रामानंद वहीं से सिर उठाकर सुभाग को देखता, मुस्करा देता; लेकिन वह कुछ उत्तर न दे रहा था। वह थका-थका-सा वहीं लेटा रहा और थोड़ी देर के बाद वह वहीं सो गया।

सुभागी ने अपने सिर के आंचल को थोड़ा-सा आगे. खींचकर अपने मुंह पर हल्का-सा घूंघट बना लिया और बहुत तेजी से वह रामानंद के पास चली आई।

रामानंद ने आंखें खोल दीं। सुभाभी ने देखा, उसकी आंखें लाल हो रही थीं। धूप में भी उसके रोंगटे खड़े थे।

सुभागी को देखते ही रामानंद ने थके रवर में कहा, "मुझे जूड़ी आने वाली है।"

यह कहकर रामानंद खाद से उठा और घर में जाने लगा। सुभागी हतप्रभ हो रही थी। उसके मुंह में कोई शब्द न निकला। वह रमानंद के साथ लगी हुई भीतर कमरे में आई।

पलंग पर लेटते ही रामानंद की जूड़ी एकदम बढ़ गई। सुभागी ने उसे तीन लिहाफ, दो कम्बल और एक चद्दर ओढ़ा दी, लेकिन उसकी कंपकंपी और शरीर का ज्वर कम नहीं हो रहा था। इतने वजनी और गर्म ओढ़ने से दबा हुआ रामानंद जाड़े से इस तरह गड़गड़ा रहा था, जैसे वह बर्फ पर नंगा सोया हो। सुभागी ने फिर अपने हाथ और सीने के दबाव से रामानंद को ढक लिया। और उसे बहुत देर तक अपने अंक

से दबाए, वह आतंकित, लेकिन निश्चेष्ट स्वर से धीरे-धीरे राम...राम... राम कहने लगी।

कुछ ही क्षणों के बाद रामानंद की जूड़ी का तूफान थम गया; लेकिन उसके साथ ही साथ ज्वर के इतने तेज तूफान ने उसको अपने में ढक लिया, जैसे समुद्र के उठते हुए ज्वार से उसके कगार का कोई छोटा-सा पौधा ढक गया हो। ज्वार के गर्भ में डूबा हुआ, भीतर ही भीतर वह पौधा अकुला रहा हो, उसकी सांसें टूट रही हों और उसका सिर फट रहा हो, ठीक यही दशा रामानंद की हो रही थी।

थोड़ा-सा दिन शेष रह गया था। फिर भी सुभागी ने उस कमरे में दीया जला दिया। रामानंद बुखार में बेहोश पड़ा था। अब उसके ऊपर केवल एक लिहाफ थी, उसे भी वह कभी-कभी अपने ऊपर से अलग हटाने लगता था। लेकिन उसके सिर में इतनी पीड़ा हो रही थी, जिससे वह पूर्ण निःशक्त हो रहा था।

सुभागी सिरहाने बैठी हुई रामानंद के सिर को तेल से दबा रही थी और अपनी सुप्त वाणी में वह अनवरत राम-राम कहती जा रही थी।

उस समय तक दादी डंड़वा कुएं के जोगीबीर बाबा को एक चिलम गांजा चढ़ा चुकी थी और काली माई और डिवहार गोसांई को पूजा मान चुकी थी।

रात भर सुभागी रामानंद के सिरहाने बैठी रही। सुबह भोर में जब केवल एक घंटा रात शेष रह गई, सुभागी ने देखा, रामानंद बेखबर सो रहा था। फिर सुभागी को थोड़ी-सी सुस्ती और थकान का अनुभव हुआ। वह वहीं रामानंद के सिरहाने जमीन पर बैठी-बैठी पलंग से अपने दोनों हाथ और सिर टेककर झपकी लेने लगी और क्षणमात्र में ही वह उसी तरह सो गई।

थोड़ी ही देर के उपरांत वह स्वप्न में देखने लगी, उसके आंगन में

कोई पालकी उतारी गई है। उसका आंगन गांव की औरतों से भरा हुआ है, लेकिन कोई गीत नहीं गा रहा है। सभी पालकी में बैठी हुई दुल्हन को देखने के लिए आतुर हैं। लेकिन कोई पालकी का ओहार नहीं हटा रहा है; बस, उसकी ओर देख ही रहे हैं। उसी समय आंगन में सफेद वस्त्र पहने पांच गाती हुई औरतें आती हैं और बंद पालकी के पास जाती हैं। वे पालकी का ओहार हटाती हैं, उसका बंद दरवाजा खोलती हैं, फिर आंगन में शोर और हंसी फूटने लगती है। पालकी में कोई दुल्हन नहीं है, वह न जाने कहां चली गई है। धीरे-धीरे आंगन औरतों से खाली हो जाता है, फिर आंगन में चार कहार आते हैं और पालकी को उठाकर जैसे ही चलने लगते हैं, उसी क्षण पालकी की दुल्हन, परदे से अपना मुंह निकालकर आंगन में देखने लगती है।

सुभागी एकाएक चौंक पड़ी। उसकी आंख खुल गई और वह जमीन पर गिरते-गिरते बची।

सुबह हो रही थी। उसका दम फूल रहा था। वह आंगन से बरामदे को पार कर खिड़की के पिछवाड़े गई। भोर हो चुका था; लेकिन भोर के प्रकाश को शीत और कुहासे का धुआं इस तरह दबा रहा था, जैसे दुःस्वप्न की याद सुबह मन के आह्लाद को दबाता जा रहा हो।

सुभागी खिड़की से भागकर दादी के पास आई और अपने देखे हुए स्वप्न को उससे कहने लगी। दादी ने फौरन सोचा और सुभागी से कहा। यह भगवती माई के लस्कर का सपना है। भाईं भोर पालकी पर बैठकर मेरे आंगन में आई थीं और चली भी गईं। अब सब कुशन मंगल हो जाएगा।

यह बताकर दादी सुभागी को लेकर देवतन के कमरे में गई और हाथ जोड़कर प्रार्थना करने लगी, "हे फूलमती माई! मेरे रामू को अच्छा करो।

मेरे आंगन में आज रात को देवीजी पालकी पर बैठकर आई थीं और चली गईं। यह आपकी किरपा है मेरी मइया! मेरा रामू, मेरी दुल्हन बहू फूले-फलें मेरी मइया! ये दोनों हर नौरातन (नौरात्र) को देवीजी को सवा घड़ा धार-लस्कर[1] चढ़ाएंगे।"

तीसरे दिन रामानंद का बुखार बिल्कुल उतर गया। सुग्गी उस दिन इतनी प्रसन्न हुई कि उसने अत्यंत स्वस्थ मन से उसी रात, देवीजी को उनका मानता पूरा किया।

रामानंद ने दोपहर को मूंग की खिचड़ी खाई। घर से निकलकर वह दरवाजे पर बैठा, बैलों की देख-रेख की और इधर-उधर गांव में भी टहल आया। रात को उसने दाल-चावल-रोटी, सब्जी और अचार-खटाई आदि सब कुछ खाया। रात को उसे बहुत अच्छी नींद भी आई।

सुभागी ने शांत मन से सांस ली कि रामानंद पूर्ण रूप से स्वस्थ हो गया। दूसरे दिन रामानंद खेती-बारी का काम करना चाहता था; लेकिन सुभागी ने अपने आग्रह से रामानंद को पूरी तरह से आराम करने के लिए बाध्य कर दिया।

दोपहर का खाना खाकर रामानंद दरवाजे पर आया और वहीं धूप में, खाट पर आराम करने लगा। धूप की किरणें उसे बहुत कोमल लग रही थीं। वह खाट पर बिल्कुल चित लेटा हुआ था। कुछ क्षणों के बाद उसका सिर एकाएक भारी होने लगा और धूप की किरणें उसे इस तरह लगने लगीं, जैसे बर्फ की नन्हीं-नन्ही बूंदें उसके ऊपर बरस रही हों और सिर से नाखून तक चींटियों के समूह ने उसे घेर लिया हो।

वह खाट से सहसा उठा, बरामदे में गया, कम्बल लिया और उसे ओढ़े हुए वह फिर धूप में लेट गया। लेकिन धूप में और कम्बल के नीचे

---

1. मिट्टी के घोड़े-हाथी

उसका शरीर ठंडक से कांपने लगा। सब रोंगटे रह-रहकर खड़े हो जाते और उसकी आंखों से आग की चिनगारियां फूटने लगीं।

वह कांपता हुआ खाट से उठा, घर में गया और बिना किसी को बताए वह कमरे में उसी पलंग पर लेट गया। अपने ऊपर उसने दो लिहाफ और कम्बल ओढ़ लिए और स्वयं वह उतने ओढ़ने के नीचे हाथ, पैर, सीना सबको एक में भींचकर हु...हु...हु...हु करके कांपने लगा और मन ही मन राम-राम कहने लगा।

सुभागी ने स्वस्थ मन से खाना खाया और रामानंद को देखने वह दरवाजे पर गई। वहां खाट खाली थी। उसने थोड़ासा घूंघट निकाल बरामदे में बढ़कर इधर-उधर देखा, रामानंद कहीं भी न दिखाई पड़ा। वह बहुत देर तक रामानंद की प्रतीक्षा में दरवाजे से लगी खड़ी रही, फिर आंगन में लौट आई। न जाने क्यों रामानंद को तुरंत देखने के लिए उसकी तीव्र इच्छा हो रही थी। वह अत्यंत अलस मन से अनायास अपने कमरे में गई। आश्चर्य से उसने पलंग पर देखा और उसका माथा ठनका। लिहाफ उसके मुंह पर से थोड़ा-सा हटाकर उसने उसके माथे पर अपनी हथेली रखी और अनुभव किया कि रामानंद के शरीर से बुखार की लपट उठ रही थी और वह आंखें मूंदे, जैसे' बेहोश, मुंह से तेज-तेज सांसें ले रहा था।

सुभागी सिर थामे वहीं जमीन पर बैठ गई। वह सोचने लगी, यह देवीजी का कोप है या मलेरिया है। वह सोचती रही और कुछ क्षणों के बाद उसे लगने लगा, जैसे धरती धूम रही हो और वह बैठी-बैठी जमीन पर गिर पड़ेगी।

वहां से वह तुरंत उठी, आंगन में आई। दिन काफी ढल चका था। दादी से उसने रामानंद की स्थिति बताई और उदासी से वह दादी का मुंह देखने लगी।

दादी ने बताया कि देवी जी जाते-जाते अपना प्रसाद देती हैं और

इसके बाद सब आनंद कर देती हैं। सुभागी के सामने यह स्पष्ट था कि रामानंद को मलेरिया है, लेकिन दादी के विश्वास-भरे दिमाग के सामने वह कुछ कह नहीं पाती थी।

दो-दो दिन का अंतर देते हुए रामानंद की जूड़ी-बुखार को एक महीना हो गया वह बिल्कुल दुबला हो चला था। जब उसे बुखार का दौरा आता, तब वह खाना-पीना छोड़कर पलंग पर पड़ जाता, लेकिन तीसरे दिन जैसे ही उसे बुखार उतरता, वह अवश्य खाना खाता और सुभागी न सही तो दादी उसे जरूर खाना खिलाती। अब सुभागी जब दादी के सामने रामानंद की बीमारी को लेकर रोती, अपने देवतन बाबा और दादी की फुलमती की दुहाई देती, तब दीदी कुछ उत्तर न देती। वह चुप रहने लगी थी।

उस दिन बुखार उतरा हुआ था। सुभागी ने रामानंद को सहारा देते हुए कमरे से आंगन में निकाला। आंगन की धूप में उसे चारपाई पर बिठाया। रामानंद को भूख लगी थी और वह कुछ खाना-पीना चाहता था। सुभागी ने स्नान करके रामानंद का हाथ धुलाया और पांच सेर अन्न उसके हाथों से छुआकर वह स्वयं उसे मिक्षिरी गोसांई को देने के लिए खिड़की के रास्ते उनके घर चली गई।

थोड़ी देर के बाद जब वह लौटी, उसने देखा, दादी सामने बैठी हुई रामानंद को ढेर-सा चना, चावल का भूजा चबवा रही थी। पास अकर उसने और भी देखा कि भूजे के साथ एक भूली और खटाई का एक टुकड़ा भी था। सुभागी की आंखों में आंसू भर आए। वह किससे क्या कहे? रामानन्द के सामने से वह कैसे भूजा छीन ले? वह दुश्चिंता में खड़ी सोवती रही। और उसकी आंखों में आंसू भरते रहे।

रामानंद ने जैसे ही देखा कि सामने सुभागी डबडबाई हुई आंखों से

चुपचाप खड़ी है, उसने भूजा चबाना बंद कर दिया और दादी वहां से अपने-आप खिसक गई।

सुभागी कुछ बोली नहीं। वह सीधे चौके में गई और शीघ्रता से भोजन तैयार करने लगी।

आंगन भर में धूप फैल चुकी थी। दाल को चूल्हे पर छोड़ केर सुभागी आंगन में आई। वह रामानंद के शरीर में तेल लगाना चाहती थी, अतएव उसने उसके कपड़े उतारना शुरू किए। कुर्ता उतारकर जब वह उसकी बनियाइन उतारने लगी; उस क्षण सुभागी ने बहुत नजदीक से रामानंद की आंखों में देखा। आंखों के कोये पीले पड़ रहे थे, उसे कंवरु हो गया था। सुभागी ने फिर अपने को छिपाते हुए उसकी बनियाइन उतारी और उसे खाट पर एकदम चित सुला दिया। अब सुभागी अपने को रोक न सकी। बरबस उसकी आंखों से आंसू बरसने लगे। रामानंद का शरीर बिल्कुल पीला पड़ गया था। उसका पेट दुबले शरीर के अनुपात से इस तरह निकल आया था, जैसे, दूध न पाए हुए नन्हे-नन्हे बच्चों के पेट निकल आते हैं।

रामानंद ने घबड़ाई हुई सुभागी को मुस्कराते हुए समझाया, "इसमें धबड़ाने की क्या बात? फिर मोटा हो जाऊंगा। जूड़ी-बुखार या मलेरिया भी कोई रोग है!"

शरीर में तेल लगाते-लगाते जब सुभागी उसके पेट पर तेल लगाने लगी, उसने अनुभव किया, पसलियों के नीचे बाईं ओर उसे तिल्ली बढ़ आई थी।

रामानंद को केवल रोटी और सरसों का साग खिलाकर सुभागी अपने घर से सीधे मिसिरी गोसांई के घर गई और कोई अच्छा वैद्य बुला लाने के लिए उसने प्रार्थना की।

पहर भर दिन रहते-रहते मिसिरी गोसांई हरदयालपुर के नामी वैद्य को साथ लेकर सुभागी के घर आए।

रामानंद की नाड़ी देखकर वैद्य ने बताया कि उसके भीतर खून की कमी हो गई है। तिल्ली बढ़ गई है और उसके फलस्वरूप उसकी आंखों में कंवरु[1] भी हो गया है। ज्वर-जूड़ी दोनों अवधि से अधिक शरीर में रहने के नाते अब उनका रूप अधिक भयानक हो गया है।

सुभागी घूंघट के नीचे रोती रही और उसने वैद्य का पैर छुकर रामानंद के स्वास्थ्य की भिक्षा मांगी। वैद्यजी ने स्वयं एक शरीर-लेपन की औषधि दी और उन्होंने औषधियों की एक लम्बी-सी सूची बनवाकर दूसरा नुस्खा तैयार कराया। उसी समय सुभागी ने गोसांई के साथ अपने हलवाहे हंसराज को। औषधियां लाने के लिए लालगंज भेजा।

वैद्यजी को सुभागी ने प्रार्थना करके घर पर रोक लिया। रामानंद को उस दिन बुखार बिल्कुल न था। वैद्यजी उससे बातें करते रहे और उन्होंने अपनी वैद्यक की सफलता का पूरा ब्योरा दे दिया कि वे किस तरह पूरे जिले भर में प्रसिद्ध हैं। सब बड़े-बड़े जमींदार-चौधरी और ताल्लुकेदारों के यहां, घर-परिवार में उनकी ही औषधियां चलती हैं। उन्हें बड़ी से बड़ी दुःसाध्य बीमारियों को दूर करने में सफलता मिलती रही हैं।

पहर भर रात बीतते-बीतते गोसांई और हंसराज रामनगर से औषधियां लेकर वापस लौटे। उस समय तक वैद्यजी अपनी वैद्यकी की डींग हांककर सुभागी से दस रुपये गांठ चुके थे।

दूसरे दिन वैद्यजी सब औषधियां बनाकर और सेवन की विधियां बताकर अपने घर के लिए विदा हो गए। सुभागी रामानंद को पूर्णतः अपनी देख-रेख में रखने लगी। दादी के स्नेह के फलस्वरूप रामानंद को

---

1 पीलिया।

जो खाद्य-अखाद्य मिलता था, उसने बंद करा दिया और स्वयं चौबीस घंटे उसके पास रहने लगी।

पन्द्रह दिनों में रामानंद का बुखार दूर हो गया; लेकिन उस अवधि तक उसका स्वास्थ्य बहुत कुछ नष्ट हो चला था। उसे अब खाना रुचिकर न लगता था और जो कुछ खा भी लेता था, वह उसके कलेजे पर जैसे रखा रहता था।

सुभागी जहां कहीं भी, जिस किसीसे भी यह सुनती थी कि अमुक वस्तु, अमुक खाद्य पदार्थ पौष्टिक है, स्वास्थ्यकर है, वह उसे सौ यत्न करके जुटाती और रामानंद को खिलाने का प्रयत्न करती। वह चाहती थी कि बीमारी से टूटा हुआ उसका ईश्वर जल्द से जल्द अपनी पिछली स्वाभाविक दशा पर पहुंच जाए, वही फैला हुआ ऊंचा सीना, गोल-गोल बांहें और रतना आंखें।

माघ का महीना बीतने जा रहा था। रामानंद की बीमारी ने उसकी रबी-फसल पर बहुत बुरा प्रभाव डाला था। पूरब के सिवान में पक्के दो बीघे मटर को पाला मार गया था और फसल आधी हो गई थी।

दक्षिण के सिवान में टेढ़वा खेत का गेहूं उचित समय पर पानी न पाने के कारण दबकर रह गया था। पश्चिम सिवान में बाग के ओछांह के पास, अरहर की खेती को नीलगायों ने चौपट कर दिया था।

सुभागी विवश होकर, अब घर से बाहर निकलने लगी। उसका दुल्हनपन, उसका गंभीर घूंघट धीरे-धीरे कम होने लगा। वह घर भी देखती और अब उसे अपनी बची हुई खेती भी देखनी पड़ती।

एक दिन दोपहर की धूप में सुभागी अपने आंगन में बैठी हुई रामानंद के शरीर में तिल का उपटन लगाने चली। कपड़े उतारने के बाद जैसे ही वह रामानंद के पैर को छूने लगी, वह सूख-सी गई। उसने देखा, दोनों पैरों

में सूजन आ गई थी। फिर उसने उसके पूरे शरीर को कांपती हुई दृष्टि से देखा। शरीर भर में सूजन थी। मुख पर जैसे खून की जगह पानी भर रहा था। गाल और आंखों के बीच के उभार में एक पीला-पीला चिह्न सुभागी की दृष्टि में इस तरह खिंच गया, जैसे कोई भयानक स्वप्न रात के अंधे सन्नाटे में खिंच जाता है।

उसने रामानंद से कुछ न कहा। अपनी कांपती हुई दृष्टि को उसने रामानंद की थकी हुई उदास दृष्टि से छिपा लिया।

वह चुपचाप, अपनी दृष्टि में एक मौन पीड़ा लिए हुए रामानंद के शरीर में उपटन लगाने लगी।

"उदास क्यों हो सुभागी," रामानंद ने मुस्कराते हुए कहा, "देखो, मैं मोटा तो हो रहा हूं। मुझे अब खाना भी तो पचने लगा है।"

सुभागी प्रयत्न करके मुस्करा दी, लेकिन कुछ बोली नहीं।

"सुना है, तुम बहुत अच्छा गीत गाती हो," रामानंद ने पूजा भाव से कहा, "मुझे लेकिन कभी नहीं सुनाया।"

सुभागी उदास हो गई। उसने अपने को संभाला, झट से वह मुस्करा दी और उसे देखती हुई मुस्कराती रही। फिर भी वह कुछ बोली नहीं।

"गाओगी नहीं, तो तुम्हारे गीत भूल जाएंगे...फिर..." रामानंद कहते-कहते सहसा रुक गया। उसके फूले हुए पीले चेहरे पर लज्जा और संकोच की एक लहर दौड़ गई, जैसे वह पूर्ण स्वस्थ हो गया हो। उस क्षण सुभागी ने देखा, न जाने कहां से रामानंद के मुख पर तमाम खून दौड़ आया था।

इस खून का स्रोत कहां है? किस प्रेरणा-शक्ति से खून की वह अद्भुत लाली इनके पीले चेहरे को एकाएक रंग गई है? सुभागी अपने भोले मन में सोचने लगी, 'गाओगी नहीं, तो तुम्हारे गीत भूल जाएंगे...फिर...।'

इस 'फिर' के आगे क्या आने वाला था, जिसे इन्होंने लज्जावश छिपा लिया है? सुभागी इच्छा करने लगी। क्यों न ये इसी बात को 'गाओगी नहीं तो तुम्हारे गीत भूल जाएंगे...फिर...' बार-बार दुहराएं और बार-बार इनके पीले, सूजे हुए चेहरे पर उसी तरह रक्त की लाली फिरती जाए, फैलती जाए और ये स्वस्थ हो जाएं। फिर सुभागी उसे अपनी बाहों में छिपाकर घर में, आंगन में, मचान पर, खेत में इतने गीत सुनाए, इतनी ढोलक की तान लगाए कि उससे सिकन्दरपुर की सारी उदासी, सारा सन्नाटा खो जाए।

सुभागी क्षण-क्षण में रामानंद के मुंह को देखती जा रही थी और उसकी दृष्टि कुछ ढूंढ़ रही थी।

"क्या देख रही हो मुझे?" रामानंद ने मुस्कराकर पूछा।

"बता दूं?" सुभागी बच्चों की तरह यह कहकर शरमा गई।

"हां, बता दो।"

"गाओगी नहीं तो तुम्हारे गीत भूल जाएंगे...फिर...।"

" 'फिर' क्या, बताओ न?"

रामानंद खुलकर हंस पड़ा। पूरे दो महीने के बाद सुभागी ऐसी हंसी सुन सकी। सूजे हुए शरीर को वह भूल गई। उसे लगा, वह उस रामानंद के शरीर में उपटन लगा रही थी, जो स्वस्थ है, सुन्दर है, महान है और उसका ईश्वर है। जिसकी गोरी-स्वस्थ बांहों में इतनी शक्ति है कि वह उससे सुभागी को कमर से बांधकर अपने बराबर उठा लेता है। आंगन भर में उसे लिए हुए चक्कर काटता हुआ हंस-हंसकर कहता है, 'सुभागी! ओ सुभागी!! मैं तुझे इसी तरह लिए हुए आकाश में उड़ सकता हूं। रामनगर क्या कलकत्ते तक भाग सकता हूं।'

"फिर क्या, बताओ?" सुभागी ने शिशुवत् आग्रह किया।

"बताऊं! ...बताऊं!!" रामानंद के चेहरे पर फिर वही अरुण रेखाएं दौड़ आईं।

"हां, बता दो न...बोलो।" सुभागी प्रसन्नता से पागल थी।

"गीत नहीं गाओगी, तो तुम्हें गीत भूल जाएंगे...फिर किर...!" रामानंद एकाएक रुक गया, जैसे उसके गले में एकाएक कुछ टूट गया।

"हां, फिर?" सुभागी ने नई प्रेरणा दी।

"फिर...! जब तुम मां होओगी...तब तुम अपने बच्चे को क्या गीत सिखाओगी?"

सुभागी की दृष्टि अपलक रामानंद के पूरे चेहरे पर रुकी रही। लेकिन उसने खून की उस लाली को इस बार न देखा। उसने इस बार कुछ और देखा—अजीब करुणा। रामानंद की आंखें आंसुओं से डबडबा आई थीं और उसका पूरा चेहरा बेहद उदास हो गया था।

और स्वयं उसकी दशा?

'फिर जब तुम मां होओगी...' रामानंद के इतने ही शब्दों ने सुभागी के सारे रक्त को ऊष्ण कर दिया और धक्-धक् करते हुए उसके हृदय ने ऊपर की शिराओं में इतना रक्त बहा दिया कि उसका चेहरा उस क्षण स्वस्थ खून की लहरों से भर गया और उसके होंठ, मस्तक, आंख और कान तप्त हो उठे। उसे उस पल ऐसा लगा, जैसे उसके पैर में से कोई मछली दौड़ती हुई शरीर की सब नसों में घूम गई हो और हृदय की गति में उछलती हुई उसके चेहरे पर छा गई हो और फिर आंखों के रास्ते वह बाहर निकल गई हो।

सुभागी का हृदय अब तक धक्-धक् कर रहा था और उसकी आंखें भर आई थीं, क्योंकि आंसुओं के साथ ही वह मछली सरककर भागी थी।

और वह मछली थी क्या?

क्या वही रामानंद का खून था? वही उसके चेहरे की लाली थी, जो 'फिर' के आगे अपने पंख तानकर रुकी हुई थी और अब सब तोड़कर भाग गई, वह अरुण मछली। वह सुभागी की नसों के रास्ते भाग निकली...अजीब थी वह अदृश्य मछली!

सुभागी के भीतर एक अव्यक्त आवेश फैलने लगा। वह रामानंद के पास से तेजी से उठी। दादी खेत में गई थी। उसने बाहर का दरवाजा बंद किया और दौड़कर पिछवाड़े की खिड़की बंद की। आंगन में उतरते-उतरते उसके भीतर का रामानंद जैसे सुभागी को पुकारता हुआ कह रहा हो, 'पकड़ ले उस मछली को! अपने गीतों से बांध ले उसे!! जाने न पाए वह मछली!!!'

सुभागी रामानंद के पूरे शरीर पर उपटन लगा चुकी थी। रामानंद के शरीर भर में हाथ-पैर अपेक्षाकृत अधिक सूजे हुए थे। अब सुभागी फिर से पैर में, वैद्य का दिया हुआ एक विशेष तेल लगाने लगी।

और निःसंकोच सुभागी गाने लगी, बिना किसी झिझक।

और शर्म के, जैसे भक्त भावोन्मेश में अपनी सीमाओं को तोड़कर ईश्वर के सामने गाने लगता है।

पहला दृश्य :

मैं अब घर में न सोऊंगी मेरे राजा! मुझे गर्मी लगती है। खिड़कियां खुली रहती हैं, तब भी। मेरे लिए उस रेत के मैदान में एक बंगला छवा दो। हम वहीं सोएंगे और जमुना की ठंडी-ठंडी लहरें हमें पंखा झलेंगी। वहां जब चांद हमारी खुली हुई खिड़कियों से हमें झांकेगा तब हम उसे मना कर देंगे और वह मान जाएगा।

दूसरा दृश्य :

साजन, अभी न जाओ। देखो, मैं कांप रही हूँ न! मुझे अपने

हाथ से छुओ। नहीं, नहीं...ऐसे नहीं। पहले मेरे घूंघट को हटाओ न! हां, अब देखो, मेरी आंखों में एक दुल्हन बैठी है न! वह कुछ कहेगी नहीं, वाणी रहते हुए भी कुछ नहीं बोल पाएगी, बस, जमीन में सिर गाड़े, अंगूठे से एक छोटा-सा गढ़ा बनाती जाएगी और जब तुम बिना उसे मनाए चले जाओगे, तब वह इसी तरह रोती रहेगी और असुओं से उस गड्ढे को भर देगी। अभी मत जाओ मेरे राजा! अभी तो मेहंदी नहीं छुट सकी है। सुहाग के काजल अभी लगे हैं। मैंने अभी वह चुनरी नहीं बदली। देखो ये बिछुए, ये पायल, ये मेरी हथेलियां देखो, मेहंदी का रंग कितना चटक है! इसे मेरी उस सखी ने रचाया था, जिसने तुम्हारे जामे को अपनी बाहुओं में बांध लिया था और तुम उसे छुड़ा न सके थे।

तीसरा दृश्य :

बोलो। कुछ कहते जाओ। आज हम सारी रात इसी तरह बिता देंगे। ऊख के खेत में महोख बोल रहा है। कछार में सारस का जोड़ा बोल रहा है। सुनो, टिटिहरी बोलती हुई क्या कह रही है?

मेरे हाथ को जोर से दबाओ, और जोर से दबाओ न! फिर मैं चिराग को बुझा दूंगी। खिड़की के बाहर नीम की पत्तियां हवा में सनसनाएंगी। टिकुली जैसी इमली की पत्तियां बरस पड़ेंगी। रूठो नहीं राजा! मुझे छोड़कर मत जाओ। नहीं तो यह रात और यह चांदनी, दोनों मुझे डराएंगी। नीम और इमली की सनसनाती हुई पत्तियां मुझे डंस लेंगी। मैं कांप रही हूं। मुझे संभाल लो, फिर चले जाना, नहीं तो ऊख में महोख सदा बोलता रह जाएगा। बंसवारी में बनमुर्गियां कराहती रह जाएंगी। सारस प्यासा रह जाएगा। टिटिहरी पुकारती रह जाएंगी और यह चिराग इसी तरह सारी रात जलता रह जाएगा।

और चौथा दृश्य :

मुझसे अब मेरा आंचल नहीं संभलता। न जाने क्यों, बार-बार खुल जाता है। लोग मुझे देखते रह जाते हैं। अब मेरी गोद में कुछ रख दो। मेरा आंचल प्यासा है...।

और एक अधूरा दृश्य :

सुभागी पूरा चित्र खींचने ही जा रही थी कि रामानंद सहसा वहां से उठ पड़ा और जैसे वह दरवाजे की ओर भागने लगा हो। उसकी सांसें एकाएक फूलने लगीं और वह कांपने लगा।

सुभागी ने बरामदे में बढ़कर रामानंद को अपनी बाहुओं में संभाल लिया। वह लड़खड़ाकर गिरने ही जा रहा था।

"कहां जा रहे हो?" सुभागी ने घबड़ाकर पूछा।

"दरवाजे पर!" कांपती हुई आवाज से रामानंद ने उत्तर दिया।

"क्या बात है? गीत अच्छे नहीं लगे?"

"बहुत अच्छे लगे तभी तो," रामानंद ने अब स्वस्थ मन से कहा, "देखो, मैं कितना प्रसन्न हूं! कल हम लोग सागरा चलेंगे। उस बार झड्डल्ले बाबा का हम लोगों ने दर्शन नहीं किया था न!"

"क्या होगा दर्शन करके?" सुभागी ने लजाते हुए पूछा।

"अपने इतने अच्छे-अच्छे गीत किसे सिखाओगी?"

"बक!"

सुभागी ने आंचल से अपना मुंह ढक लिया। रामानंद आंगन में उतर आया। आंगन में खड़ा-खड़ा वह उस स्थान को देखने लगा, जहां सुभागी ने बैठकर उसे गीत सुनाए थे।

नौ

पांचवें दिन रामानंद की बैलगाड़ी सिकन्दरपुर से सीधे चलकर सागरा में झडुल्ले बाबा की कुटी पर रुकी। उस समय पहर भर दिन चढ़ चुका था; लेकिन कुटी के साधु लोग अब तक धुई रमाए अपने-अपने आसन पर बैठे थे।

रामानंद के हाथ-पैर फूल आने से अब वह अधिक दूर न चल सकता था, लेकिन उसमें चलने की हिम्मत अवश्य थी। सुभागी के साथ, जब वह डंडे के सहारे सगरे में स्नान करने के लिए चला, तब पैदल चलते हुए उसे ऐसा लग रहा था, जैसे फूले हुए पैरों का खून उसके पतले चमड़े को फोड़कर अभी बाहर बह निकलेगा।

रामानंद किसी तरह सगरे तक पहुंच गया, लेकिन उसने सुभागी से उस कष्ट को न बताया।

उस भयानक अनुभव को न स्पष्ट होने दिया, जिसे वह प्रत्येक पग चलते हुए भोग रहा था।

सगरे से स्नान करने के बाद वे दोनों कुटी की ओर बढ़े। कुटी पर और भी औरतें आई थीं। सब कुटी की परिक्रमा कर चुकी थीं और अब साधुओं के पास बैठी-बैठी उनके वचन सुन रही थीं।

जिस समय सुभागी कुटी की परिक्रमा करने चली, उस समय वह बिल्कुल अकेली थी। रामानंद कुटी के सामने सिर टेके हुए प्रार्थना कर रहा था। शेष औरतें और उनके पति अलग-अलग साधुओं के पास बैठे थे।

जैसे ही सुभागी आंचल फैलाकर परिक्रमा के लिए अपने पैर बढ़ाने लगी, उसने सुना, पीछे से कोई ठहाका मारकर हंस रहा था।

लेकिन इससे क्या? सुभागी ने बहुत तेजी से कुटी की सातों परिक्रमाएं समाप्त कर दीं। उसे परिक्रमा करते समय लग रहा था, जैसे वही ठहाका हवा के शून्य में खिंचा हुआ उस के पीछे-पीछे चल रहा था।

सुभागी बिल्कुल न समझ पा रही थी; लेकिन जिस समय वह कुटी की परिक्रमा समाप्त करके रामानंद के सामने खड़ी हुई, उसकी दोनों आंखों में आंसू थे।

"अपनी आंखें तो पोंछ डालो सुभागी!"

रामानंद के यह कहने पर सुभागी को केवल वही ठहाका याद आया और कुछ नहीं।

उसने आवेश में पूछा, "हमारे पीछे कौन हंस रहा था?"

रामानंद ने उदासी से साधु के उस जवान चेले की ओर इंगित किया, जो भांग की पत्तियों में से उसके बीज अलग कर रहा था।

सुभागी तेजी से उसके पास बढ़ गई और निश्चित स्वर में उसने पूछा, "तुम मुझपर क्यों हंसे?"

"मतवा, मैं तुमपर नहीं हंसा, तुम्हारे ईश्वर पर हंसा।"

"क्या मतलब?"

"माता, पहले तुम अपने पति के मर्ज की दवा करो," चेले ने कहा, "उस मर्ज के बाद इस कुटी का दर्शन है। यह मर्ज बड़ा खराब है।"

"यह कोई मर्ज नहीं है।" सुभागी ने बताया, "इन्हें दो ढाई महीने जूड़ी-बुखार आया है, कमजोर हो गए हैं, इसीसे इनके हाथ-पैर में सूजन है। यह तो अपने-आप बिल्कुल ठीक हो जाएगा...खाने-पीने से। मैं इन्हें दूध-घी-फल-मेवे से पाट दूंगी।"

चेला फिर ठहाका मारकर हंस पड़ा। इस बार कुटी के आसपास बैठे हुए सब लोग इधर ही देखने लगे।

सुभागी घबड़ा गई।

चेले ने धीरे से कहा, "मतवा! तुम्हारे पति को मामूली मर्ज नहीं है, उसे कोढ़ हो रहा है।"

सुभागी को जैसे किसीने उस क्षण उसे कमर से एकाएक तोड़कर जमीन पर बिठा दिया हो। उसकी पलकें खुली रह गईं और वह देखती रह गई।

सुभागी की बैलगाड़ी सिकन्दरपुर की ओर चलने को हुई। उसी समय सुभागी को सगरा का सीताकुंड याद आया। और उस विश्वासनिष्ठा की याद आई कि सीताकुंड के पानी-कीचड़ के स्पर्श से लोगों के बड़े से बड़े रोग और व्याधियां नष्ट हो जाती हैं।

बैलगाड़ी कुटी से चलकर सीताकुंड पर आकर रुकी। सुभागी ने रामानंद को जमीन पर उतारा। वह चाहती थी कि रामानंद सीताकुंड में उतरे और वहां पानी-कीचड़ में अपने हाथ-पैर डुबोकर बाहर निकले; लेकिन रामानंद की हिम्मत पस्त थी। वह किसी तरह कुंड में उतर तो सकता था, लेकिन निकलता कैसे? यही उसकी दुश्चिंता थी।

सुभागी ने मन ही मन, संकल्प किया कि वह रामानंद को कुंड में उतारेगी अवश्य और उसने अपना संकल्प पूरा भी किया; लेकिन जब वह रामानंद को सहारा देती हुई उसे ऊपर चढ़ाने लगी, रामानंद एकाएक पैर की पीड़ा से चीख पड़ा। उसके दायें पैर के चमड़ा कई जगह फट गया और पैर से खून बह चला। ऊपर से हंसराज दौड़ा। दोनों ने रामानंद को उसकी बाहुओं से उठा लिया और सब कुंड के बाहर हो गए।

दिन ढल चुका था। फागुन का पछियांव बहुत तेजी पर था। सुभागी को ज्ञान था कि फगुनहट में शरीर का खून पतला होने लगता है। शरीर में कहीं थोड़ा-सा घाव हो जाने पर खून बह निकलता है और उसपर

पछियांव की चोट बहुत दुखदायी होती है। सुभागी ने रामानंद के दायें पैर के घाव में सेम की पत्ती का रस निचोड़ कर उसे भर दिया और पूरे पैर को उसने कपड़े से बांध दिया।

रास्ते भर सुभागी ने अनुभव किया। रामानंद कितना चुप-उदास हो गया था। उसके चेहरे की करुणा ऐसी लग रही थी, जैसे श्मशान पर चिता जल रही हो और उसकी धधकती हुई लपटों को देखता हुआ वह एकाकी पुरुष बैठा हो जिसने कफन लपेटकर चिता में आग लगाई हो।

सुभागी रामानंद को देखना चाहती थी, लेकिन रामानंद उससे अपनी आंखें चुरा रहा था, वह शून्य में देखता, उड़ती हुई धूल में देखता और जहां कहीं भी पीपल-बरगद के पत्तों से हवा का संघर्ष उठता, वह न जाने क्यों उसी ओर कान लगा देता।

"उसने झूठ कहा है!" सुभागी रास्ते में एकाएक जैसे चीख पड़ी हो, "तुम्हें वह रोग नहीं हो सकता। नहीं हो सकता।"

रामानंद ने सुभागी को देखा। उसके डरे हुए चेहरे पर एक कंपन था और वह कंपन उसकी आंखों में अत्यंत स्पष्ट हो गया था, जैसे कोढ़ की विभीषिका एक भयानक छाया की तरह उसके समूचे स्त्रीत्व को ढकती जा रही हो।

फिर रामानंद रो पड़ा।

फफककर बच्चों की तरह रोता रहा। सुभागी उसे शांति-धैर्य देती हुई अब अपने अन्तर्मन में रोने लगी। बैलगाड़ी सिकन्दरपुर की ओर बढ़ती जा रही थी। सुभागी अपनी गोद में रामानंद के सिर को टेके हुए बैठी थी। वह उसके सिर-कंधा, बांह और वक्षस्थल को मातृवत स्पर्श करती हुई गंभीर, पर बीच-बीच में टूटती हुई वाणी से कह रही थी, "अधीर न हो मेरे ईश्वर! मुझे देखो, मैं कैसे चुप हूं, शांत हूं। तुम अधीर होओगे तो मैं कैसे जी पाऊंगी? तुम तो पुरुष हो, मेरा भरोसा...स्त्री...मैं...।" इसके आगे

सुभागी की वाणी एकाएक कांपकर टूट गई और उसने जलते हुए अपने निचले होंठ को दांतों से भींच लिया और भीतर से बरसते हुए आंसुओं को वह आंखों में टूटने से रोकने लगी।

फागुन के शुल्क-पक्ष की रात। चौथ की चांदनी धीरे-धीरे सिमट रही थी। गांव में हरदीन बाबा की बैठक में लोग फाग गा रहे थे। सामने आम के पेड़ के नीचे एक बहुत बड़ा अलाव जल रहा था और उसके किनारे तमाम लोग घिरकर बैठे थे। बैठक भी गाने और सुनने वालों से खचाखच भरी थी।

गांव की औरतें सुभागी के घर आईं और उसे मनाने लगीं कि वह चलकर पुरुषों के उत्तर में फाग गए। सुभागी इसके लिए बिल्कुल नहीं तैयार थी। उसके सारे गीत, उत्साह, मन का यौवन और आंखों की दुल्हन, जैसे सब चिंता से टूटकर बीमार हो गए थे। रामानंद की बीमारी अपने भयानक रूप में अब पूर्णतः स्पष्ट हो गई थी। हाथ-पैर में कोढ़ का आक्रमण अत्यंत निर्मम था और उसके विकृत मुंह पर एक अजीब-सी स्याह छाया उसने डाल दी थी। शरीर की सारी लावण्यता, पुरुष-जन्य दमक मिट चुकी थी और उसपर विषैले खिसखिसाहट को लिए हुए एक ऐसा रूखापन फैल गया था, जैसे जवान-नम और अंकुरित मिट्टी पर कहीं से रेत बिछ गई हो।

रामानंद के पैताने उदास चिंतित बैठी हुई सुभागी को गांव की औरतें और उसकी सखियां मना रही थीं। वे हर तरह के संतोष और धैर्य दे रही थीं, लेकिन सुभागी का मन कहीं से भी फाग गाने के लिए तैयार न था। अंत में औरतें इसपर उतर आईं कि वह गाए नहीं, लेकिन वहां औरतों के बीच में बैठी रहे, नहीं तो इस वर्ष गांव की औरतें पुरुषों से फाग-गाने में हार जाएंगी, लेकिन सुभागी इसपर भी न राजी हुई।

फिर रामानंद मनाता हुआ उसे औरतों के साथ भेजने लगा। वह चाहता था कि सुभागी अपने में हरी-भरी शांत रहे। हंसे-बोले, गाए, घर-गृहस्थी में उत्साह से भाग ले, क्योंकि वह सोचने लगा था कि वही उसका जीवन है। सुभागी ही उसका सब कुछ है, मां-बाप, पत्नी, मित्र, सब कुछ। और सुभागी अगर उसके साथ इस तरह चौबीस घंटे लगी रहेगी, तो उसपर अकारण मौत की छाया पड़ जाएगी। उसके जीवन-तत्त्व नष्ट हो जाएंगे।

कोढ़ एक तरह का जहर है!

जहर भयानक है!!

रोक संक्रामक है!!!

ये सत्य बातें सदा रामानंद के मन को दबोचे रहती थीं।

रामानंद के आग्रह और उसकी खुशी के लिए सुभागी औरतों के साथ हरदीन बाबा के घर गई। बैठक में पुरुष-मंडली डटकर बैठी थी और उनकी छंटी हुई टोली फाग गाने में मस्त थी।

दरवाजे के भीतर, ड्योढ़ी में ही गांव की औरतें, विशेषकर बहुएं और दुल्हनें बैठी थीं। उनके बीच सुभागी के आते ही उनमें अपूर्व उत्साह और प्रेरणा आई। बाहर पुरुषों की टोली झूमर गा रही थी :

'मान जा गोरिया हमार सुन बतिया, यह ले नौलखाहार।'

झूमर समाप्त होते ही स्त्रियों ने उनके उत्तर में फाग गाना आरम्भ किया :

'काहे की होरी हमारी पिया बिन, काहे की होरी हमारी।
चैत मास बन फूलन लागे,
भौंरा लटकि रहें डारी, पिया बिन काहे की होरी हमारी।'

गाती हुई औरतों के स्वर में सुभागी का संगीत-भरा स्वर सबके ऊपर उठ रहा था और ढोलक पर उसकी अंगुलियों के ठुमक, फाग के संगीत

में मनमोहक गूंज पैदा कर रहे थे।

आधी रात तक दोनों टोलियां बारी-बारी गाती रहीं। थोड़ी देर के बाद जैसे ही सुभागी अपनी जान छुड़ाकर वहां से भागी, वैसे ही फाग का स्वर मंद पड़ गया।

हरदीन बाबा की गली को पार करके सुभागी नरायन के घर के दायें मुड़ती हुई जैसे अपने घर की ओर बढ़ने लगी, बायें से किसी ने एकाएक उसपर पानी फेंक दिया। सुभागी का सारा आंचल सराबोर हो गया और उसने देखा, उसके सामने किरपाल लोटे का शेष पानी लिए हंसता हुआ कह रहा था, "भौजी ! लो यह लोटे का पानी और मुझे भी नहला दो !"

सुभागी का रास्ता रोके किरपाल उसे पानी का लोटा दे रहा था।

सुभागी चुप थी।

सहसा वह अपने आंचल को संभाल दायें से मुड़कर तेजी से भागने लगी। किरपाल हंसकर उसके पीछे झपटा और उसने बायें हाथ से सुभागी की दाईं बांह पकड़ ली। बांह भीगी थी और सुभागी को उसपर क्रोध आ गया था; उसने बिना कुछ बोले उसे एक झटका दिया और वह बहुत तेजी से निकल भागी।

रामानंद सो रहा था। उसके सिरहाने ताक पर दीया जल रहा था। सुभागी कपड़ें बदलकर रामानंद के पास गई और खड़ी-खड़ी बहुत क्षणों तक वह रामानंद को देखती रही, फिर थककर वह अपनी खाट पर जाकर लेट गई। पूरी खाट बर्फ-सी ठंडी हो रही थी। लिहाफ को अपने शरीर में लपेटकर वह अपने में भिंची हुई सो जाने का प्रयत्न करने लगी।

धीरे-धीरे उसके शरीर में गर्मी आई। फिर उसे एकाएक दाईं बांह में दर्द अनुभव हुआ। उसे लगा कि किरपाल ने फिर बहुत जोर से उसकी दाईं

बांह को भींच दिया है। शक्ति भरी उसकी गोल-गोल लम्बी उंगलियां, गद्दीदार-कड़ी हथेली जैसे सुभागी की भरी हुई गोरी बांह में धंसती जा रही हैं। उसने बायें हाथ से अपनी दाईं बांह को छुआ, फिर पूरी बांह को वह अपनी हथेली में भरने लगी, फिर उसे लगा, जैसे वह सो गई हो। और वह मानो देखने लगी, स्वस्थ-गोरा-हंसमुख, उभरा हुआ सीना, चौड़ा कंधा, भरी हुई बांह, चमकता हुआ ललाट और बड़ी-बड़ी रतनारी आंखों वाला रामानंद, सफेद धोती और कुर्ता पहने, खड़ाऊं पर चलता हुआ दरवाजे से उसके कमरे में आता है और भीतर से किवाड़ बंद कर लेता है। झुका हुआ वह सोती हुई सुभागी को देखता है, मुस्कराता है और फिर दीये को बुझाकर उसके पास सो जाता है और सुभागी उसकी बांहों में जकड़ उठती है, फिर भोर हो जाती है। न रामानंद की बांहें थकती हैं न सुभागी का शरीर।

सहसा सुभागी पसीने से तर हो गई। उसने लिहाफ को अपने से दूर हटा दिया और वह अपनी दाईं बांह में ऐसा दर्द अनुभव करने लगी, जैसे वहां की हड्डी टूट गई हो।

वह बांह दबाए हुए उठ खड़ी हुई और रामानंद के पैतारे आई और सिसककर रो पड़ी। रामानंद सोते से जग गया।

"क्या हो गया तुम्हारी बांह में ?" रामानंद ने घबड़ाकर पूछा।

सुभागी सिसकती हुई चुप थी। वह उठ बैठा। सुभागी निश्चेष्ट खड़ी थी। रामानंद ने फिर पूछा। तीसरी बार पूछा, चौथी बार पूछा, फिर भी सुभागी कुछ बोली नहीं। तब वह अपने पलंग से उठने लगा। सुभागी ने बढ़कर उसे रोक लिया।

"मेरी बांह में दर्द हो रहा है।" यह कहकर वह पलंग पर आकर बैठ गई। रामानंद ने दोनों हाथों से उसकी बांह बांध ली; फिर धीरे-धीरे सुभागी का दर्द कम होने लगा। वह चुप-शांत हो गई।

“जाओ, अब अपनी खाट पर सो जाओ।” रामानंद ने स्नेह से कहा।

सुभागी कुछ बोली नहीं। वह धीरे से बच्चों की तरह मचलकर उसीके पलंग पर सो गई और उसने रामानंद को अपनी दाईं बांह के सहारे पास सुला लिया।

थोड़ी ही देर में सुभागी सो गई और रामानंद जागता रहा। दीया जलता ही रहा। रात का पिछला पहर था। वातावरण की ठंडक बढ़ गई थी।

उसने दीये के प्रकाश में सुभागी की बंद आंखों को देखा। पलकें जिस बिन्दु पर मुदी थीं, उसके किनारे-किनारे आंसू अब तक उभरे थे, जैसे बहुत देर तक का कोई रोता हुआ शिशु मां के अंक से लगकर सो गया हो और उसके रुदन की छाप उसकी बंद पलकों पर हो और उसकी सांसों में भी।

यह रोग जहर है!

जहर भयानक है!!

और संक्रामक भी!!!

रामानंद की सांसों में डर उभरता जा रहा था। वह धीरे-धीरे अपने सोते हुए शिशु से दूर हटने लगा। पूरी लिहाफ उसने उसपर छोड़ दी और वह स्वयं अत्यंत सावधानी से पलंग को छोड़, उठ खड़ा हुआ।

दबे पांव, उसने बंद कमरे की किवाड़ खोली। आंगन के बरामदे में आया। बरामदे के कोने में दादी ने छोटे-से गोल गड्ढे में आग जला रखी थी।

रामानंद वहीं बैठ गया और गड्ढे की आग को राख के ऊपर लाकर, उसने उसमें कुछ लकड़ियां डाल दीं। थोड़ी देर में लपटों वाली आग धधकने लगी और वह उसे तापता हुआ। राम-राम, राम-राम कहने लगा। फिर वह सहज मन से रामायण की चौपाइयां जपने लगा :

'रहा एक दिन अवधि अधारा,
समुझति मन-दुख भयउ अपारा।
कारण कवन नाथ नहिं आये,
जानि कुटिल प्रभु मोहिं बिसराये।
कपटी-कुटिल मोहिं प्रभु चीन्हा,
तातें नाथ संग नहिं लीन्हा।
जो समुझैं करनी प्रभु मोरी,
नहिं निस्तार कल्प-सत कोरी।'

वह एक स्वर से, स्फुट वाणी में इन चौपाइयों को दुहराता रहा और आग की लपटों में सुभागी को अपलक देखता रहा। कुछ क्षणों में उसे लगा, जैसे सुभागी जानकी हो गई, जो स्वयं उन लपटों में अपनी अग्नि-परीक्षा दे रही है। रामानंद का उक्त चौपाइयों का गुनगुनाना धीरे-धीरे बंद हो गया। उनके स्थान पर रामायण की अग्नि-परीक्षा की चौपाइयां उसके मन में सहज रूप से घूमने लगी :

'देखि राम-रुख लछिमन धाए,
प्रगटि कृसानु काठ बहु लाए।
पावक प्रबल देखि वैदेही,
हृदय हरष कछु भय नहिं तेही।
जौं मन-वच-क्रम मम उर माहीं,
तजि रघुबीर आन गति नाहीं।
तौ कृसानु सबकै गति जाना,
मो कहं होहु श्रखंड समाना।'

आग की लपटों में सुभागी खड़ी रही। रामानंद उसे देखता हुआ सोचता रहा। वह जानकी है, लेकिन मैं तो कोढ़ी हूं। फिर वह इस तरह क्यों अपनी अग्नि-परीक्षा दे रही है? उसने किया क्या है? वह जन्म से

आज तक पवित्र है, महान है। अपनी मां के संघर्षों में वह तपाई गई और अब वह मेरी राख में तप रही है। वह मिट्टी थी, तपती-तपती स्वर्ण हो गई; उत्तम स्वर्ण हो गई और अगर वह अब भी सतत अग्नि में तपती गई, फिर खरे सोने का क्या होगा? सुना जाता है कि तब वह पिघल जाता है। और धीरे-धीरे राख हो जाता है। लेकिन राख तो मैं हूं और वह, वह सुभागी! मेरा शिशु, मेरी प्रिया, मेरी पत्नी, मेरा सब कुछ,

मेरा अस्तित्व!

मेरी पूजा!!

मेरा गंतव्य!!!

संध्या...

और उस रात को होली जलने वाली थी। गांव भर में उसकी तैयारी हो रही थी।

सुभागी जल्दी से भोजन तैयार करके रामानंद के शरीर में उपटन लगाने लगी। उपटन लगा चुकने के उपरांत उसने उपटन की सारी लीझी इकट्ठा की।

पहर भर रात बीतते-बीतते होली जलाई गई। होली-फाग गाते-गाते पुरुष गांव में आए। सुभागी औरतों के झुंड में गाती हुई जलती होली के पास पहुंची। वह धधकती हुई आग के सामने विनम्र खड़ी हो गई। जिस बर्तन में उपटन की लीझी भरी थी, उसे वह हाथों में लिए हुए थी।

सहसा उसने बर्तन सहित उपटन की लीझी को आग की लपटों में डाल दिया और वह प्रार्थना करने लगी, 'हे अग्नि देवता! जिस तरह तू उनके शरीर से छुटी हुई उपटन की मैल जला रहा है, उसी तरह तू उनके शरीर का रोग भी जला।'

दूसरे दिन होली बुझ गई। गांव के लड़कों ने बुझी हुई राख की धूल

उड़ाई। औरतों की ओर से कीचड़-मिट्टी और गोबर की होली मनाई गई।

दोपहर के उपरांत, फाग-होली का संगीत आरंभ हुआ और उस बीच से फाग की रंगरलियां होने लगीं।

सुभागी ने गांव के इन समस्त आयोजनों में से किसी में भी भाग न लिया। दिन का तीसरा पहर हो रहा था। सुभागी आंगन के चबूतरे पर बैठी थी। उसके सामने तुलसी के बिरवे खड़े थे और आंगन से भागती हुई धूप एक किनारे पर पहुंच गई थी। सुभागी की निश्चेष्ट सूनी-सूनी दृष्टि उसी धूप पर टिकी थी। उसके सिर का आंचल नीचे गिरा हुआ था। गांव के वातावरण में फाग-होली के गीत और ढोलक की आवाज गूंज रही थी।

बाहर दरवाजे से रामानंद लंगड़ाता हुआ धीरे-धीरे आंगन में आया। सुभागी उसी तरह उदास-मौन बैठी रही। उसने चुपके से आगे बढ़कर सुभागी के गिरे हुए आंचल से उसके मस्तक को ढक दिया।

सुभागी रामानंद को देखती हुई इस तरह मुस्कराने लगी, जैसे बिना आंसुओं के कोई रोता हुआ एकाएक मुस्कराने लगा हो।

रामानंद उसके पास बैठ गया। दोनों चुप थे, लेकिन दोनों की निश्चेष्ट आत्माएं एक-दूसरे से बातें कर रही थीं। जब एक रोती थी, तब दूसरी उसे समझाती थी। जब एक का आंचल अपनी विवशता और निर्धनता पर उदास होता था, तब दूसरा उसके सूने आंचल में शिशु का प्यार बनकर सो जाता था।

फिर गांव के युवकों की एक टोली फाग गाती हुई उसके आंगन में चली आई।

सुभागी सिहर उठी, जैसे वह डर गई हो। वह आंगन के चबूतरे से भागकर बरामदे में खड़ी हो गई। रामानंद वहीं बैठा रहा। आंगन में फाग होता रहा। युवकों ने बढ़कर अबीर-गुलाल और रंग से सुभागी को नहला दिया। सुभागी वहीं बैठी-बैठी सिर से पांव तक तर हो गई। रामानंद

प्रसन्नता से देखता रहा। फिर वह उस कमरे में गया, आंगन में आया और अपने हाथों एक बाल्टी गुलाबी रंग घोलकर और भरी हुई बाल्टी में एक लोटा डालकर उसने सुभागी को दे दिया।

फाग की धूम में सब मस्त थे। सुभागी ने मस्तक ऊंचा करके रामानंद को देखा, फिर रंग से भरी हुई बाल्टी को, और पुन: एक बार रामानंद को, और उसकी आंखों में सहज रूप से आंसू बरस पड़े; लेकिन रामानंद के मुख की प्रसन्नता और स्नेह की ज्योति जो उसकी आंखों में उभर आई थी, उसने सुभागी पर एक स्वप्न डाल दिया। उसने सराबोर साड़ी के आंचल को सावधानी से अपनी कमर में बांधा और वह आंगन में फाग गाते हुए पुरुषों को रंग से भिगोने लगी।

संध्या से छः घंटे रात बीतते-बीतते सुभागी को चार बार कपड़े बदलने पड़े। अन्तिम बार उसने जो साड़ी पहनी, वह कई जगह से फटी थी।

सोते समय जब वह रामानंद के सिरहाने पीने के लिए पानी रखने गई, उस समय रामानंद की दृष्टि उसकी फटी हुई साड़ी पर पड़ी।

उसने विनय के स्वर में कहा, "तुम तो कहती थीं कि मुझे पहनने के कपड़े की कमी नहीं हैं?

"कहां कमी है?" सुभागी हंस दी।

"और यह जो फटी-फटी साड़ी पहने हो!" रामानंद ने स्नेह से कहा, "आज शुभ-त्योहार है, होली-फाग, आज फटी साड़ी नहीं पहननी चाहिए।"

सुभागी ने अपना सन्दूक खोला। मां की दी हुई सब साड़ियां वह पहनकर फाड़ चुकी थी। धराऊं कपड़े में से उसने अपने ब्याह की चुनरी निकाली और दूसरे क्षण उसे पहन ली।

रामानंद पलंग पर लेटा था। सुभागी पलंग की दाईं बांह पर चुपचाप

बैठी हुई अपने पति को देख रही थी।

"अब जाओ, अपनी खाट पर सो जाओ।" रामानंद ने स्नेह से कहा।

सुभागी मौन बैठी रही।

"अब जाओ...सो जाओ।"

सुभागी निश्चेष्ट थी।

उसने फिर आग्रह किया। सुभागी धीरे से नि:शब्द पलंग के नीचे उतर गई और अपनी खाट पर जा लेटी।

ज्यों-ज्यों वह लिहाफ को अपने शरीर में लपेटती जाती थी, त्यों-त्यों उसे लग रहा था, जैसे, घड़े के घड़े रंग कोई उसपर डालता जा रहा है और वह सराबोर होती जा रही है। महीन चुनरी उसके शरीर पर चिपककर जैसे खो गई हो, और वह सचमुच लिहाफ में लिपटी हुई कांपने लगी।

दस

और एक वर्ष बाद...

चैत के दिन थे। रबी की फसल खेतों से कटकर खलिहान में जमा हो गई थी। रामानंद बाहर दरवाजे पर बैठा था। उसका रोग पीड़ा से आगे चलकर करुण-स्तर पर पहुंच गया था।

वह चुप-उदास था। कभी वह बैठता, कभी लेट जाता और कभी धीरे से उठकर वह टहलने लगता। इन तीनों स्थितियों में, लेकिन उसे कहीं शांति न मिलती थी। उसे लगता था कि उसके शरीर का जहर उसकी आंखों में आ गया है और सारा दृश्य-जगत् जहर के धुएं में डूब रहा है। वह अपनी आंखें मूंद लेता और हाथों से सिर थामकर वहीं बैठ

जाता। धरती घूम रही है, बहुत तेजी से चक्कर काट रही है। चिंता से सिर फटा जा रहा है। आंखों में जो दृश्य-जगत् आता है, वह मानो जहरीले धुएं की एक आंधी है।

मृत्यु क्यों नहीं आ जाती?

एकाएक रामानंद डर से सिहर गया। मृत्यु का आतंक। फिर वह बिना आंसुओं के रोने लगा। आशा-निराशा, मृत्यु-जीवन और विगत के चित्र उसके सामने से गुजरते जा रहे थे।

उन्हें अकेला छोड़कर दादी भी चली गई। मरना किसे चाहिए, मरता कौन है! जैसे मृत्यु के पास विवेक नहीं। मृत्यु और असमय, मृत्यु और अंधकार। दादी घर की आवाज थी और अब वह आवाज खो गई।

और यह सुभागी!...न जाने कैसे जीवित है उसके साथ! वह विकृत पुरुष और वह स्वस्थ-सरूपा। वह कोढ़ी पति, वह सुहागन। वह राख, वह आग। वह मृत्यु का भयावह पथ, वह जीवन की स्मित रेखा। एक सन्नाटा, एक गीत।

पूरब के सिवान में चार बीघे जमीन गिरवी रख दी गई थी। पति को नीरोग करने के लिए, उसे स्वस्थ देखने के लिए उसकी बैलगाड़ी भी बिक गई थी।

उन दिनों सुभागी उसे लेकर रामनगर कस्बे में डाक्टर के पास गई थी। डाक्टर लखनऊ के मशहूर थे और कोढ़ के रोग के विशेषज्ञ थे। रामानंद को देखकर डाक्टर ने उससे पूछा था, 'तुम गर्मी-सुजाक के कभी मरीज थे न!' रामानंद की सूनी-उदास दृष्टि सुभागी के मुंह पर पड़ी और उसने डाक्टर के सामने ईश्वर की सौगंध खाकर कहा था, 'मुझे यह रोग कभी नहीं हुआ था।'

आज रामानंद के मस्तिष्क से जैसे ही अतीत में बोला हुआ यह

भयानक झूठ गुजर रहा था, उसने अपूर्व शक्ति से इस झूठ को पकड़ लिया और व्यथित स्वर में पुकार उठा, "सुभागी ! सुभागी !!"

सुभागी घर में न थी। पिछले तीन दिनों के केवल दो बैलों के गोबर को उसने अपने घूर के पास इकट्ठा किया था। आधा गोबर घूर में डालकर आधे गोबर में खर खूदुर-पुरकेसा आदि सानकर उससे उपलें पाथ रही थी। इस वर्ष उसने स्वयं अपने हाथों से उपलों का भितहुर खड़ा किया था। गोबर से लिपे-पुते भितहुर के पास ही बैठी वह पसीने से तर हो रही थी।

रामानंद का बुलावा उसके पास पहुंचा। वह उसी तरह गोबर में सनी, अस्त-व्यस्त आंचल में अपने को संभालती हुई रामानंद के पास दौड़ी हुई आई।

सुभागी को अपने सामने देखते ही वह हाथ जोड़कर खड़ा हो गया और सहसा कहने लगा, "मैं झूठा हूं सुभागी ! मैं झूठा हूं।"

सुभागी हतप्रभ खड़ी थी। वह कुछ भी न समझ पा रही थी।

रामानंद स्वीकार कर रहा था, "वह लखनऊ का डाक्टर जो कहता था कि मुझे निश्चित रूप से कभी न कभी गर्मी-सुजाक हुई होगी, वह सच कहता था। मैंने तब झूठ बोल दिया था। तब तुम्हारे सामने मेरी हिम्मत न हुई थी, आज मेरी हिम्मत हुई है और आज मैं बता रहा हूं। मैं जिन दिनों कलकत्ते में चटकल की नौकरी करता था, उन दिनों मुझे यह बीमारी हुई थी। मैं महीने भर तक बुरी तरह बीमार था। फिर एक बंगाली डाक्टर ने मुझे अच्छा किया और...और..."

यह कहते-कहते वह एकाएक चुप हो गया।

"तो इससे क्या ? यह भी सही !" सुभागी ने यह कहकर रामानंद को कंधे से पकड़कर स्नेह से उसे खाट पर बिठा दिया।

इसके आगे वह कुछ बोली नहीं। वह शून्य में देखने लगी।

"कुछ नहीं, राम-राम करो, बस!" यह कहकर वह मुड़ी। आंगन में गई और हाथ-पैर धोने लगी।

तीसरे पहर से दिन अधिक बीत गया था। सुभागी अपने छोटे-से खलिहान में गेहूं के कूंटे से अन्न अलग कर रही थी। गांव के ढोर-डंगर सामने खेत में चर रहे थे।

किरपाल मेड़ पर खड़ा था। संयोगवश उसकी दृष्टि खलिहान में सुभागी पर पड़ी। वह चल पड़ा। खलिहान में आम के पेड़ के नीचे आकर उसने सांस भरते हुए कहा, "बड़ी उमस है भौजी!"

सुभागी ने सिर उठाया, पर वह कुछ बोली नहीं।

दूसरे क्षण वह सुभागी के सामने जाकर बैठ गया, "का है भौजी! ऐसै काम चली।"

सुभागी सोच रही थी कि अब वह क्या करे। वहां से उठकर भागे या उसके मुंह पर थप्पड़ मार दे?

"एक बात सुनो भौजी," किरपाल ने भेद भरे शब्दों में कहा, "तनी हमारी ओर देखो न!"

सुभागी ने आग्नेय दृष्टि से देखा और आवेश में वहां से उठ पड़ी।

"ऐसे होई भौजी!" किरपाल ने उठते हुए कहा।

"तुम्हें लाज-शर्म नहीं है बाबू!" सुभागी रुआंसी हो गई।

किरपाल ने इसका कुछ और मतलब लगाया। उसने सोचा कि उसकी आंखों में एक दीनता है, जिसे बड़ी सरलता से मोल लिया जा सकता है।

सुभागी अपने खलिहान से चलकर गांव के बड़े खलिहान को पार कर रही थी। सामने गेहूं की बड़ी-बड़ी खरहियां लगी थीं। वह तेजी से भाग रही थी। सहसा किरपाल ने पीछे से उसे पकड़ लिया। सुभागी का रक्त खौल गया। उसने पूरी शक्ति से उसके मुंह पर घूंसा दिया और वह अपने को छुड़ाकर भाग निकली।

किरपाल अपनी नाक सहलाता हुआ वहीं खड़ा रहा, खलिहान में घूमता रहा। फिर उसने अपनी लाठी संभाली और सिर नीचा किए हुए वह ढोर संभालने चला गया।

उसी रात के पिछले पहर, सुभागी के खलिहान में आग लगी। केवल एक ही छोटी-सी गेहूं की खरही थी। उसमें पक्के चार बीघे की फसल थी और उसीमें आग लगी थी।

चैत की गुलाबी रात थी। खरही जब आधी जल चुकी, तब सुभागी को इस घटना का आभास मिला।

वह सोते-सोते यही स्वप्न में देखकर अपने बिस्तरे से दौड़ी हुई बाहर आई थी। गुहार मचाती हुई जब वह खलिहान में आई, उस समय तक आग पूरी खरही में फैल चुकी थी। उसे बुझाना असंभव था। गुहार सुनकर गांव के जितने लोग दौड़े, सभी अपने-अपने खलिहान की चिंता करने लगे कि कहीं सुभागी की जलती हुई खरही की कोई चिनगारी उनके खलिहान में न आ जाए।

धू-धू करके खरही जलती रही। सुभागी छाती पीटती हुई चिल्लाती रही। लोग खड़े देखते रहे और आग को सहारा देती हुई पछुआं हवा धीरे-धीरे बहती रही।

रामानंद लाठी के सहारे अपनी जलती हुई खरही के पास आया। कातर दृष्टि से वह चारों ओर देखने लगा, फिर जलती हुई खरही की ओर बढ़ने लगा। सुभागी दौड़कर रामानंद पर टूट पड़ी और उसे खींचती हुई दूर ले जाने लगी। रामानंद अपने को छुड़ाता हुआ पागलों की भांति कह रहा था, "मुझे छोड़ दो सुभागी! छोड़ दो मुझे! मैं अपनी जलती हुई खरही की आग में भस्म हो जाऊंगा।"

"क्यों? क्यों? क्यों?" सुभागी रामानंद के सीने से अपना सिर टकरा

रही थी।

"मैं ब्राह्मण हूं !" रामानंद ने गर्व से कहा, "मैं इसी आग में जलकर मरूंगा और समूचे सिकन्दरपुर पर ब्रह्म-हत्या लगाऊंगा। दिन-दहाड़े सिकन्दरपुर जलेगा, यहां के लोग जलेंगे।"

अजीब भयानक वातावरण हो गया था। समूचा गांव खलिहान में इकट्ठा था। सुभागी की खरही जल चुकी थी। गेहूं का एक भी पौधा न बच सका था। गांव के वायुमंडल में कुहरे से दबा हुआ, जली हुई खरही का सारा धुआं ऊपर-ऊपर फैल रहा था और सारे खलिहान में जले हुए अन्न की चिरायंध इस तरह घनीभूत होकर जमी हुई थी, जैसे गोधूलि में जलती हुई ऐसी चिता का धुआं, जिसमें चंदन और घी की सुगंधि का भार हो।

सुभागी रामानंद को समझाती रही और स्वयं छिपकर हफ्तों रोती रही। लगातर तीन दिनों तक उसका चूल्हा न जला।

सुभागी ने एक दिन रामानंद को निश्चित बता दिया कि उसके अन्न में किसने आग लगाई थी। उसने वह पूरी घटना भी बता दी, जिसकी प्रतिक्रिया से किरपाल ने वैसा किया था।

पूरी बात सुनकर रामानंद कुछ बोला नहीं। भीतर ही भीतर किरपाल को लेकर सुलगता रहा।

रात हुई। सब सो गए। रामानंद धीरे से कमरे के बाहर निकलकर आंगन में आया। आकाश की ओर देखा। आधी रात से वक्त ज्यादा हो रहा था। उसने अपनी कमर बांधी। मिट्टी के बर्तन में उसने आग के अंगारों को संभाला और घर से बाहर निकलकर किरपाल के खलिहान की ओर बढ़ने लगा।

अपने दरवाजे से वह दस ही कदम आगे बढ़ा था। दाईं ओर ही

आम का पेड़ था। वह उसीको पकड़े हुए सामने इधर-उधर पूरी स्थिति का अंदाजा लगा रहा था। फिर वह दृढ़ता से आगे बढ़ा। एकाएक पीछे से कोई दौड़कर उसके पैरों पर गिर पड़ा।

वह सुभागी थी। वह अब उसके पैरों पर गिरकर गिड़-गिड़ा रही थी, "ऐसा न करो, यह रास्ता गलत है।"

घटाटोप अंधेरा था। उसने आग छीनकर पास के कुएं में डाल दी और वह रामानंद को समझाती, आगे बढ़ाती हुई उसे घर की ओर ले जाने लगी।

बहुत मोटी तह के नीचे राख थी। ऊपर लकड़ी के अंगारे दहक रहे थे, और पास ही सुभागी रामानंद को समझाती हुई बैठी थी।

एकाएक चिढ़ते हुए रामानंद के मुंह से निकला, "साले का खलिहान फूंकने से तुम मुझ रोकती हो, रोको। लेकिन मैं उसका घर फूंककर ही दम लूंगा।"

सुभागी चुप थी।

रामानंद कहता गया, "उसने हमारा अहार (भोजन) छीना, मैं उसका निवास छीनूंगा।"

"कैसे?"

"उसका घर फूंककर, लंका की तरह उसमें आग लगाकर।"

रामानंद की उदास आंखें दीप्त हो आईं। मानसिक यातना की चोट उसके पूरे विकृत मुख पर उभरी थी। सुभागी से कुछ बोला न गया। वह फफककर रोने लगी।

आदमी क्यों कोढ़ी होता है? वह निःशब्द रोती रही और इसके उत्तर में उसकी मां की बताई हुई एक बात उसमें घनीभूत होती गई।

आदमी क्यों कोढ़ी होता है?

जब वह किसीकी फसल में आग लगाता है, खलिहान फूंकता है और किसी का घर जलाता है, तब वह कोढ़ी होता है।

थोड़ी-सी रात शेष थी। दोनों अब तक बुझते हुए अलाव के पास बैठे थे। दोनों का समझौता हो चुका था।

सुभागी ने हाथ जोड़कर विनय से पूछा, "जीवन में कभी यह कर्म किया है?"

"क्या?"

"फूंकने या जलाने का?"

"कभी नहीं किया है।"

"कभी नहीं!" सुभागी के स्वर में आश्चर्यमिश्रित सुख का भाव था।

"हां, कभी नहीं, सामने अग्नि माता साक्षी हैं!"

सुभागी ने तुरंत रामानंद के जलते हुए मुख पर अपना दायां हाथ रख दिया, "ऐसा नहीं बोलते, मुझपर गुस्सा हो गए क्या?"

सुभागी की आंखें भर आईं। उसने सिर झुका लिया और उसके मूक आंसू अलाव की राख में टप्-टप् बरसने लगे।

"अब क्यों रो रही हो?" रामानंद के स्वर में दीनता थी।

सुभागी ने सिर उठाया। वह मुस्करा रही थी। आंसुओं से धुली हुई उसकी साफ आंखों में एक ऐसी शांति फैली थी, जैसे सुभागी के मन के भूरे-भूरे बादल आज बरस गए हों और उसका पूरा आकाश निरभ्र हो गया हो।

बैसाख बीत रहा था। सुभागी की गृहस्थी अब तक जौ और मटर के आटे पर चल रही थी। वह स्वयं तो इसीकी रोटियां खाती, लेकिन वह रामानंद से छिपाकर अपने कुछ शेष गहनों को बेचकर उसे खालिस गेहूं की रोटियां खिलाती थी; लेकिन अब उसे इसका भी आसरा धीरे-धीरे

टूट रहा था।

संध्या समय, दो सेर जौ-केराई लेकर सुभागी सुखदेई चौधराइन के घर गई। सुखदेई से उसकी बड़ी आत्मीयता थी। प्रायः उसीसे सुभागी अपने दुख-दर्द कहा करती थी। उस दिन जैसे ही वह सुखदेई के सामने हुई, और उसने कुशल-मंगल पूछा, सुभागी एकदम रो पड़ी। सुखदेई ने असीम समवेदना प्रकट की और उसे लिए हुए आंगन में बैठ गई।

आंगन के दायें बरामदे में चौधराइन का बड़ा लड़का परसाद बैठा हुआ बैल की नाथी बना रहा था। बायें बरामदे में चूल्हे की आग के सामने परसाद का छोटा भाई सुमेर पसीने से तर बैठ था। वह बड़ी तत्परता से गर्म सलाख के सहारे एक नई बांसुरी बना रहा था।

सुभागी चौधराइन के साथ आंगन में बैठी हुई आधे घंटे तक अपने दुख-दर्द सुनाती रही। चौधराइन ने उसके दो सेर जौ-केराई के बदले उसे एक सेर गेहूं दिया; और सुभागी घर चली गई।

रामानंद को भोजन कराने के बाद सुभागी चौके पर उठी। बड़ी भूख थी उसे। दोपहर की रखी हुई मड़ुए की सूखी रोटी लकड़ी की तरह हो गई थी। बड़ी कठिनाई से उसने एक टुकड़ा तोड़ा और दांतों के नीचे दबाया। भूख की आग, वह रोटी के टुकड़ों से लड़ती हुई उसे खाने लगी। जब उसने पूरी रोटी खाली और भर पेट पानी पिया, तब उसे अनायास रुलाई आने लगी। ठीक उसी समय बाहर दरवाजे पर किसीने दस्तक दी।

सुभागी ने दरवाजा खोलते ही देखा, सुमेर अपने कंधे पर एक बड़ी-सी गठरी संभाले हुए खड़ा था। सुभागी क्षण भर के लिए हतप्रभ थी। सुमेर भीतर प्रवेश करता हुआ कहने लगा, "मैं तुम्हारे लिए यह गेहूं लाया हूं, इसे कहीं रख लो।"

दरवाजे की ही ड्योढ़ी में सुमेर ने गेहूं की गठरी उतार दी। सुभागी अब तक चुप खड़ी थी।

सुमेर ने फिर आग्रह किया, "यह तुम्हारा ही गेहूं है, इसे रख लो न !"

"लेकिन यह कर्ज मैं कैसे चुकाऊंगी ?"

"कर्ज कौन कहता है !" सुमेर ने शक्ति से स्फुट स्वर में कहा। अधिक क्षणों तक सुभागी चुप खड़ी थी। ड्योढ़ी के अंधकार में सुमेर की फूलती हुई सांसों की आवाज में उसे न जाने क्यों भय लग रहा था। उसे लग रहा था, जैसे उन सांसों में कभी-कभी कोई चीख उठती थी, और कभी-कभी उसमें कोई बेनाम बदबू फैलने लगती थी।

अंधकार में दोनों चुप-निश्चेष्ट खड़े थे। एकाएक सुभागी ने कहा, "मैं यह गेहूं न लूंगी। मुझे जो बदा है, मैं उसे निबाह लूंगी।"

"लेकिन यह गेहूं मैं वापस न ले जाऊंगा," सुमेर ने कहा, "यह मैं तुम्हारे लिए ही लाया हूं...मैं तुम्हें...तुम्हें अपना...मैं..."

सुभागी एक ही सांस में भीतर बढ़ गई। उसने रामानंद को जगाया, दवा दी। वह खाट पर बैठा हुआ खांसता रहा। कुछ देर के बाद सुभागी चिराग लिए हुए ड्योढ़ी में आई। बढ़कर उसने दरवाजे पर देखा। सुमेर तख्ते पर लेटा था। सुभागी ने उसी क्षण ड्योढ़ी से गेहूं की गठरी उठाई, धीरे से उसे तख्ते के पास रख दिया। तेजी से मुड़ी और भीतर से फाटक बंद कर लिया।

प्रातःकाल सुभागी घड़ा और डोर लिए हुए भीतर से बाहर निकली और दरवाजे को पार करती हुई कुएं की ओर बढ़ने लगी। एकाएक उसकी दृष्टि रास्ते पर छिंटे हुए गेहूं पर पड़ी। वह खड़ी हो गई। और उसने मुड़कर देखा, एक ऐसा रास्ता बनाए हुए गेहूं छिंटा था, जो उसके दरवाजे से आरम्भ हुआ था और अपनी उसी गति से वह सुखदेई चौधराइन के घर की ओर बढ़ गया था।

चटपट पानी भरकर सुभागी लौटी। झाड़न ले उसने अपने पूरे दरवाजे

पर झाड़ू दे दी।

पहर भर दिन चढ़ते-चढ़ते सुखराज चौधरी अपने बड़े लड़के परसाद के साथ, गांव के दो पंचों को लिए हुए सुभागी के दरवाजे पर आए। सुभागी कंडे पर आग लिए हुए लौटी और उसने एक ही क्षण में मुद्दई, गवाह और पंचों से सुना कि सुभागी ने गेहूं की चोरी की है।

सुभागी की आशंका चरितार्थ हुई; लेकिन उसे अपने सत्य का सबसे बड़ा भरोसा था। उसने सहज भाव से हाथ में लिए हुए अग्नि की सौगन्ध ली, एक बार नहीं, तीन बार। परन्तु उसके उत्तर में उसे एक ऐसी तीखी फटकार मिली, जिसमें एक ही साथ घृणा, चुनौती, प्रतिहिंसा के स्वर मिले थे और उसके भी ऊपर एक नहीं, तीन बदबूदार गालियों की गति थी।

बैसाख बीतते-बीतते ग्राम पंचायत के अदालत, सरपंच ठाकुर नगीनासिंह ने सुभागी मर पच्चीस रुपये का जुर्माना किया और उसे तीन दिन की मुहलत मिली।

दो दिन बीत गए, सुभागी को कुछ न सुझता था। बार-बार उसके सामने केवल यही एक तस्वीर आती थी। उसकी मां जमुना सामने खड़ी होती थी। उसके दोनों हाथों में जलती आग रहती थी। आग को सामने बढ़ाती हुई वह साग्रह कहती थी, ले सुभागी ! इस आग को ले। जिस रात को तेज आंधी आए, उस रात को आंधी की दिशा देखकर गांव के एक छोर पर तू चुपके से आग लगा दे। आगे मैं देख लूंगी ! मैं आंधी हूं। हर रात को मैं पुरैना गांव से उठती हूं और चारों ओर फैल जाती हूं, हमेशा बहती रहती हूं।'

इस दृश्य से सुभागी घबड़ा जाती थी; परन्तु उसे कोई रास्ता भी न सूझता था।

तीसरे दिन की सुबह हुई। जिस अमूल्य वस्तु को लिए हुए वह रात भर सोचती रही, वह थी सोने की केवल एक सुहाग की चूड़ी, जिसे जमुना ने ब्याह में मंडप में सुभागी को पहनाकर उसका पांव पूजा था।

......निर्विकल्प। सुभागी चूड़ी को कपड़े में सावधानी से बांधे हुए लालगंज बाजार की ओर बढ़ी। रास्ते में उसे ठाकुर नगीनासिंह के चचेरे भाई अवधू मिले।

"पालागिन महराजिन !" उन्होंने सुभागी का अभिवादन करते हुए सब हालचाल पूछा। फिर लालगंज के रास्ते पर अनायास बढ़ते हुए उन्होंने कहना शुरू किया, "महराजिन ! जुर्माना-फुरमाना कुछ मत दो। और कहो तो उन्हें आज ही रात को बीस-बीस लाठियां पिटवा दूं। आगे मैं देख भी लूंगा। तुमपर कोई आंच नहीं आएगी। मैं तुम्हारे सूने दरवाजे पर सोया करूंगा। क्षत्री का तो धर्म ही है ब्राह्मण-गऊ की रक्षा !"

सुभागी चुपचाप पीछे-पीछे चलती जा रही थी। वह अवधू की उन बातों को तो सोच ही रही थी, वरन वह उसके आगे एक और भी छोटी-सी बात सोच रही थी कि कहीं अवधू लालगंज बाजार तक उसके साथ न चला जाए, नहीं तो वह निश्चित रूप से गांजा पीने के लिए रुपये लेगा।

"किस काम से बाजार जा रही हो महाजिन ?" अवधू ने पूछा।

सुभागी सशंकित हो गई। उसने झूठ बोलते हुए कहा, "सरकारी अस्पताल में उनके लिए दवा लेने जा रही हूं।"

"दवा !" अवधू ने मुस्कराते हुए कहा, "क्या महराजिन, तुम भी रामानंद की दवा के पीछे पागल हो ! अरे छोड़ो भी, जो ईश्वर को मंजूर है, वही होता है। विधि की बात को कोई मेट सका है !"

सुभागी चुप खड़ी थी। उसकी दृष्टि धरती में गड़ी थी, जैसे उसमें समा जाने के लिए वह कोई उपाय ढूंढ़ रही हो।

"अठारह-बीस साल की उमर है तुम्हारी," अवधू ने रुकते हुए कहा, "पहाड़ जैसी सारी उमर पड़ी है, इसको पार करने की भी तो चिंता करो।"

सुभागी कांप गई; लेकिन उस कंपन में भय की अपेक्षा एक ऐसे क्रोध की ताप थी जो प्रतिशोध के रूप में नहीं आती, बल्कि यातना के बीच से आत्मा की गहराई लिए आती है।

सुभागी कुछ बोली नहीं। उसने धीरे से सिर उठाया और उस दृष्टि से उसने अवधू को देखा, जिसमें वेदना की अमित आग थी।

वह अकेली बाजार पहुंची। महाजन के यहां सोहाग की वह सोने की चूड़ी केवल पैंतीस रुपये में बिकी। वह उल्टे पांव लौटी। अदालत सरपंच के यहां गई। संयोगवश उस समय ग्राम पंचायत बैठी थी। सरपंच के सामने सुभागी एकाएक आ खड़ी हुई और गर्व से उसने एक ही दृष्टि से समूची पंचायत को देखा।

पंचायत में शांति फैल गई थी। सुभागी ने आकाश के शून्य में आंचल फैलाकर अजीब करुणामिश्रित विनय से कहा, "हे ईश्वर! इसका न्याय तू कर!"

और उसी क्षण उसने आंचल के छोर से दस-दस के दो नोट और एक पांच के नोट को खोलकर, तीनों अलग-अलग किया और कागज के बेकार टुकड़ों की तरह उसने सरपंच के सामने फेंक दिया। पूरी पंचायत को उसने फिर सगर्व देखा और वह चुपचाप लौट पड़ी।

जेठ के दिन थे। दिन भर लू चली थी और शाम से ही एकाएक हवा रुक जाने के कारण बेहद उमस थी। चार घंटे रात बीत चुकी थी। आंगन

में रामानंद और सुभागी दोनों अपनी-अपनी खाट पर बैठे थे। एकाएक वातावरण में आंधी आने की आवाज उभरी।

सुभागी दोनों खोटों को बरामदे में कर भी न सकी थी कि आंधी आ गई। बहुत तेज आंधी थी। जिस गति से वह आई थी, उसी गति से पक्के दो घंटे तक चलती रही।

सुभागी खाट पर लेटी थी और उसके सामने मां जमुना अमूर्त रूप से खड़ी थी और वह स्पष्ट शब्दों में मानो कह रही थी, 'ले बेटी ! यह आग है ! मैं आंधी हूं न ! देखा, मैं इस भाव में आ गई। अब तू चुप के से पश्चिमी किनारे से इस गांव में आग लगा दे, फिर मैं अपना सारा कर्तव्य पूरा कर लूंगी।...चल न बेटी ! डरती क्यों है ? यह सब झूठे हैं बेटी ! सत्य केवल तू है, तेरी भूख है, तेरा आंसू है, तेरी वेदना और यातना है। गांव के ये सब लोग भी सच हैं। क्यों पाप से डरती है ? यह भी कोई चीज है ! ईश्वर से भय खाती है ? कि उनके बीच तू है। मैं भी तब सच थी जब तक मैं जमुना-रूप में थी; लेकिन उस सच को, उस साधना को, जिसमें आशा और स्वप्न के प्राण थे, झूठ और अधर्म ने बरबस पीस डाला। तब से मैं मृत्यु की एक ऐसी आंधी बनकर दिन-रात बहती रहती हैं, जिसके आंचल में अपने सत्य को जीवित रखने के लिए मां का अपार दूध है। बेटी तू मेरा सत्य है। मैं तेरी छाया हूं, तू भाग है, मैं आंधी हूं।'

सुभागी न जाने कब सो गई। आंधी भी न जाने कब रुकी। लेकिन इतना अवश्य हुआ कि वह सोती हुई तब जगी, जब उसे रामानंद ने जगाया।

दिन ऊपर चढ़ आया था। दरवाजे पर झाड़ू देकर, कड़ेकर कट को खांची में भरे हुए वह अपने घूरे पर गई।

सुभागी को वहां जैसे मौत ने छू दिया। उसने देखा, उसका पूरा

भितहुर तोड़कर गिरा दिया गया था और सब उपलें-कंडे चोरों ने लूट लिए थे।

वहीं सिर थामकर वह रोने लगी। गांव की तमाम औरतें जुट आईं। कुछ तो बातों में लग गईं, कुछ सुभागी के प्रति समवेदना प्रकट करने लगीं और सबसे अधिक, वे बेनाम चोर को टूट-श्राप और गालियां देने लगीं।

सुभागी जब घर लौटी, उसने देखा, रामानंद उस घटना को मुकदमा का रूप देने के लिए घर से बाहर चल पड़ा था। सुभागी ने रामानंद के लिखे हुए प्रार्थनापत्र को पढ़ा। उन नामों को भी पढ़ा और तत्काल भविष्य में आने वाले उन सब परिणामों को भी उसने सोचा, फिर उसका माथा घूम गया। उसने रामानंद को जाने न दिया। उसे घर लौटा लिया। यद्यपि वह उस रात को बच्चों की तरह रामानंद के अंक में अपना मुंह छिपाकर रोती रही और विवश रामानंद को भी रुलाती रही।

ग्यारह

आषाढ़ का पहला पानी उसी दिन बरसा था। दोपहर को जैसे ही बूंदी टूटी, सुभागी हाथ में कुदाल लिए हुए पूर्वी सिवान में अपने दो खेतों के मेड़ संभालने निकली। टूटे हुए मेड़ों को संभालने में उसे पक्के दो घंटे लग गए और इस बीच में फिर पानी बरसने लगा। सुभागी सिवान से दौड़ती हुई जैसे ही गांव के बाग में पहुंची, पानी बहुत तेज हो गया। वह कुएं के पास वाले बरगद के पेड़ की छाया में खड़ी हो गई। बरसते हुए पानी को देखती हुई वह सोचने लगी, तीन

ही बीघे धान के खेत सही, उन्हें बोना तो होगा ही। लेकिन बीज कहां से आएगा? खेत कैसे बोए जाएंगे? कौन बोएगा? कैसे होगा सब?

मैं मर क्यों नहीं जाती? किसलिए मैं जीती हूं? कौन जिला रहा है मुझे? मां तो मर गई। मैं न जाने कब मरूंगी। मां कहती थी, मैं अच्छे लग्न में पैदा हुई हूं। मेरे ग्रह अच्छे हैं। बृहस्पति, शुक्र और मंगल का शुभ योग है; लेकिन कहां हैं वे शुभ ग्रह? कहां है उनकी मंगल दृष्टि? मेरा नक्षत्र तो सिकन्दरपुर है।

बरगद के पत्तों, तनों और डालियों से वर्षा की बूंदें झरने लगी थीं। सुभागी के पास वही केवल एक साड़ी थी, जिसमें उसका तन ढका था, इसलिए वह उसे भीगने से बचाती हुई बरगद के पेड़ से सटी जा रही थी।

तेज वर्षा के कारण छन-छन कर बरगद भी बरस रहा था और उसके आश्रय में खड़ी हुई सुभागी की आंखें भी बरस रही थीं।

कौन है, किसके सामने मैं बार-बार रोती हूं, सुभागी सोच रही थी। कोई भी तो नहीं है। फिर मैं क्यों रोती हैं? क्या होगा इससे?

सुभागी रोना नहीं चाहती थी, फिर भी वह रोती जा रही थी। यद्यपि उसके रुदन में शब्द नहीं थे, वाणी नहीं थी, लेकिन उसमें एक अजीब तीव्रता थी, जो घृणा में होती है।

"पालागन महराजिन!...ओ हो, यहां भीग रही हो तुम!"

अवधूसिंह को उसने कातर दृष्टि से देखा और वह तेजी से वर्षा में चल पड़ी। अवधू के हाथ में छाता था। उसने दौड़कर सुभागी को साथ ले लिया, "महराजिन! मैं तुम्हें आज तीन दिनों से ढूंढ़ रहा हूं!"

सुभागी ने कुछ न सुना। वह अवधू के छाते से दूर भागती शांव की ओर बढ़ रही थी। फिर भी अवधू उसका पीछा कर रहा था। सुभागी को

यह दृश्य बहुत ही भयानक लगा। उसने अपेक्षाकृत यही उचित समझा कि वह फिर सामने, आम के पेड़ की छाया में रुक जाएं और अवधू की बातें सुन ले।

सुभागी के ऊपर छाता ताने हुए अवधू खड़ा हो गया। कुछ देर चुपचाप उसे देखता रहा, फिर कहने लगा, "मैं परसों रात को कलकत्ता जा रहा हूं। वहां से सेठ की चिट्ठी आई है। दरबानी का काम है, साठ रुपये महीने पगार और बाड़ी मुफ्त में !"

इतना कहकर वह सुभागी को देखने लगा। उसने जरा दूर हटकर भरी पलकों से अवधू को देखा, जैसे उसकी पलकों के उमड़ते हुए आंसू चीख कर कह रहे हों, 'तो मुझसे क्या ?'

कुछ क्षणों बाद अवधू ने भेद-भरे स्वर में कहा, "सुभागी !..." लेकिन इसके आगे वह तीन बार प्रयत्न करके कुछ नहीं कह सका। अंत में उसने पेड़ की ओर मुख करके कहा, "मेरे साथ तुम कलकता क्यों नहीं भाग चलती ? मैं कमाऊंगा और मेरे साथ तुम ऐश करोगी !"

सुभागी के हाथ से एकाएक उसकी कुदाल नीचे गिर गई। अवधू ने अपना दायां हाथ उसके कंधे पर रख दिया। सुभागी जैसे वहीं खड़ी-खड़ी मर गई और वह सुनती जा रही थी, "चलो, आज ही रात को भाग चलें। क्या उस कोढ़ी के पीछे अपनी फूल जैसी जिन्दगी खराब कर रही हो ! छोड़ो इस गांव को और उसे भी छोड़ो !"

"किसे ?" सुभागी एकाएक जैसे जी पड़ी। और उसी क्षण उसने हाथ में अपनी कुदाल भी उठा ली। अवधू का हाथ उसके कंधे से नीचे गिर गया और सुभागी ने उस कंधे पर अपनी कुदाल रख ली। उसने आग्नेय दृष्टि से देखा, और बहुत तेजी से वह गांव में चली गई।

वह आधी भीग चुकी थी, लेकिन उसे कुछ भी न पता था। उसका मन, मस्तिष्क, निष्ठा-वृत्ति और साधना के पक्ष, सबके सब

जैसे घायल हो जाने वाले थे। सुभागी दौड़ी हुई रामानंद की खाट पर गई और उसके पैरों से लिपटकर रोने लगी। खूब रोई, और जब उसको अनुभव हुआ कि रामानंद भी रो रहा है, तब वह चुप हो गई और रामानंद को संभालने लगी। फिर उसे यह भी पता लगा कि उसकी साड़ी भीगी हुई है।

रामानंद की धोती पहनकर सुभागी ने अपनी साड़ी को सूखने के लिए फैला दिया। वर्षा की बूंदें टूट चुकी थीं। सांझ हो आई थी। आंगन में उदासी थी और रामानंद-सुभागी चुपचाप बैठे थे, जैसे उन दोनों में एक मूक वार्तालाप चल रहा था; जैसे वे दोनों चुपचाप कोई बहुत बड़ा फैसला कर रहे थे। सभी आई हुई और आती हुई घटनाओं को सुभागी रामानंद से कहती रहती थी, क्योंकि उसने कभी भी रामानंद से अलग होकर अपने को नहीं सोचा था। इसीलिए रामानंद ने भी सुभागी से अपने को अलग करके कभी नहीं देखा था। लेकिन उस क्षण जैसे वे दोनों अपने को निरपेक्ष रूप में सोच रहे थे और स्वयं अपने-अपने को तौलते हुए वे किसी एक ऐसे फैसले पर पहुंच जाना चाहते थे, जो सत्य हो, शुभ हो और जहां उनकी स्वाभाविक गति हो।

"बोलो, अब क्या सोचते हो?" सुभागी ने उदासी भंग की।

"मैं क्या, तुम्हीं बोलो!" रामानंद के स्वर में असीम वेदना थी।

"तो मैं ही क्या बोलूं!" सुभागी ने कहा, और कुछ क्षणों तक वह अपलक रामानंद को देखती रही।

"लेकिन इस तरह चिंता क्यों?" सुभागी ने कातर स्वर से पूछा।

"इन सब बातों के अतिरिक्त एक बात और भी खड़ी हुई है," रामानंद ने चिंता से कहा, "जब तुम खेत के मेड़ संभ लिने गई थीं, उस समय दातादीन बाबा मेरे पास आए थे और उन्होंने बताया है कि उत्तर के

सिवान में नागबाबा के थान वाले दो बीघे खेत, जिसे पिछले दो वर्षों से अलगू को गल्ला दिया गया था, अब वह कह रहा है कि वे खेत उसीके हो गए हैं, उनपर अब हमारा कोई अधिकार नहीं।"

"अलगू की यह हिम्मत!" सुभागी इस नई पीड़ा के सामने सब कुछ भूल गई।

धोती बदलकर वह अलगू के घर भागी गई। अलगू ने उससे स्पष्ट कह दिया कि पटवारी के कागज में वे दोनों खेत उसके खुदकास्त हो गए हैं। उसे अब उसके हक से कोई नहीं छीन सकता।

एक सप्ताह तक सुभागी पटवारी, अदालत-सरपंच और पुराने जमींदार के पास दौड़ी, लेकिन अलगू न माना और उसने बरबस खेतों को बो लिया।

सुभागी को यह अन्याय असह्य था। उसने तय कर लिया कि वह बाप-दादों के उन खेतों को अपने हक से न जाने देगी, चाहे उसके लिए पांच बीघे खेत में से दो बीघे खेत गिरवी क्यों न रख दिए जाए।

उसे विवशतः यही करना भी पड़ा। वह स्वयं अपने तीन बीघे धान के खेत को भी न बो सकी, बल्कि उसे परम विश्वासी मिसिरी गोसांई को सब बटाई पर देना पड़ा।

इसके उपरांत सुभागी तहसील में दावा दाखिल करने के लिए मिसिरी गोसांई के साथ रामनगर गई।

जिस समय सुभागी व्यक्तिगत रूप से दावा दाखिल करने के लिए तहसीलदार साहब के इजलास में पहुंची, तहसीलदार कामताप्रसाद को देखते ही वह चौंक गई और वह उन्हें कुछ-कुछ पहचानने लगी। उसकी पूर्व स्मृति बिल्कुल ताजी हो आई। बांसी, पुरैना, वंतीजीजी, नन्नू, पारो

बुआ, जैसे सब मूर्तिवत् उसके सामने आते गए, और वह आत्म-विस्मृत-सी हो गई।

वह तहसील के बाहर बैठ गई। चार बजे। कामताप्रसादजी इजलास से उठकर अपनी हवेली की ओर गए और सुभागी आत्मविश्वास और मानसिक प्रेरणा से खिंची हुई उनके पीछे-पीछे चली।

हवेली में प्रवेश करते-करते उन्होंने घूमकर सुभागी को देखा और वे वहीं खड़े हो गए। सुभागी दौड़कर उनके पांव से लिपट गई और उसने अपने आंसुओं से समय के उस लम्बे व्यवधान को भर दिया जो बांसी की वंती जीजी से आज तक की सुभागी के बीच में आ गया था।

घर में जाकर सुभागी ने पारो बुआ को पहचाना और गले मिलकर खूब रोई। फिर सुभागी को लगा, जैसे वह एक नई दुनिया में पहुंच गई, जहां स्नेह है, स्मृति है और जीने की अतुल आशा है।

कामताप्रसाद ने जमुना को याद किया। सुभागी आंसुओं के बीए स्वर्गीय वंती जीजी को याद करती रही और उस याद में नन्नू की स्मृति उसे इतनी तीव्र समवेदना से बांधने लगी, जैसे मन की किसी घनीभूत पीड़ा के बीच से कोई चला जा रहा हो, चला जा रहा हो।

तब की सुग्गी आज की सुभागी बन गई है। तब का नन्नू आज आनंद बनकर लखनऊ में पढ़ता है।

तहसीलदार साहब ने बांसी में खिंचे हुए परिवार के उस ग्रुप फोटो को निकाला और सबने देखा। वहां सब जैसे जीवित खड़े थे—वही स्नेहमयी वंती जीजी, तहसीलदार साहब, पारो बुआ, साढ़े सात वर्ष की सुग्गी, आठ वर्ष का आनंद और जमुना। वही आंगन, वही तुलसी के बिरवे, जो संयोगवश चित्र की पृष्ठ-भूमि में आ गए थे, सुभागी सबको देख रही थी, पहचान रही थी, और अपने को बिल्कुल भूल गई थी।

मिसिरी गोसांई के साथ सुभागी जब सिकन्दरपुर लौटी, उस समय अंधेरा हो गया था। रामानंद दरवाजे पर बैठा हुआ सुभागी की प्रतीक्षा कर रहा था।

सुभागी जब रामानंद के सामने आई, उसे लगा, मानो रामानंद कोढ़ी नहीं है। वह बिल्कुल स्वस्थ हो गया है। उसके मुख पर अमित ज्योति है। सुभागी की प्रसन्नता और उसके मुख की मंगल-कांति को देखकर रामानंद ने भी अनुभव किया कि वह पहले का रामानंद हो गया।

आधी रात तक सुभागी का दीपक जलता रहा। दोनों ने भर पेट खाना खाया था और वर्षों के बाद दोनों के मुख पर हंसी फूटी थी। सुभागी समूचे शुभ-संयोग को जिस गद्गद वाणी से सुना रही थी, उसके क्रोड़ में एक ओर जीवन के मंगल भविष्य की सच्ची आशा और निष्ठा थी और दूसरी ओर उसमें सिकन्दरपुर के प्रति तीव्र घृणा थी, जहां रहकर दम लेना तक उसकी दृष्टि में पाप था।

सुभागी ने फैसला कर लिया कि वह सिकन्दरपुर को छोड़कर रामनगर चली जाएगी। वहां से वह अपने खेत का मुकदमा जीतेगी। वहां अस्पताल है, डाक्टर है, रामानंद की वहां दवा होगी और वह अच्छा हो जाएगा।

दूसरे ही दिन सब वस्तुओं का उचित प्रबंध करके सुभागी ने अपनी घर-गृहस्थी, खेत, खलिहान सब मिसिरी गोसांई के दायित्व पर सौंप दिया।

भोर से भी तड़के का समय था। सुभागी और रामानंद किराये की बैलगाड़ी पर बैठे और सोते हुए सिकन्दरपुर गांव को छोड़कर, चुपचाप रामनगर की डगर पर चल पड़े।

बारह

रामनगर में सुभागी को जो कुछ मिला, उसमें जीवन की साध थी। जो कुछ पीछे सिकन्दरपुर में छूट गया, उसमें विरक्ति थी, मृत्यु की लालसा थी। अतएव जो कुछ भी पिछला था, जितनी भी विगत की अनुभूतियां थीं, उनमें अजीब-सी पराजय थी, इसलिए सुभागी यहां आकर सबको भूल जाने का प्रयत्न करती थी।

संयोगवश उसे अब जीने के लिए एक नये, बिल्कुल नये अप्रत्याशित ढंग का जीवन मिला। यद्यपि उस जीवन की भी आत्मा वही संघर्ष थी, साधना थी, लेकिन अब इसमें एक आशा थी। जीवन जीने के लिए है, इसकी एक अज्ञात प्रेरणा है, जिसने सुभागी को फिर से जीने के लिए आकर्षित कर लिया।

रामनगर में कामताप्रसाद के आश्रय में सुभागी का पूरा जीवन नया हो गया था। जीवन की एक नई भूमिका हो गई थी, जिसका शत-प्रतिशत सिकन्दरपुर के जीवन से विरोध था।

सड़क से पश्चिम, दाईं ओर, उसे एक मुफ्त में दो कमरों का कच्चा घर मिला। सरकारी अस्पताल से रामानंद की मुफ्त में दवा होने लगी।

और सुभागी?

वह अपने खेत के हक का मुकदमा जीत गई और उन खेतों को भी उसने गोसांई को सौंप दिया, और अपनी जीवन-चर्या में उसने अपने नये जीवन की गति से विगत के जीवन को चुनौती दे दी। वह हवेली में रसोई बनाने लगी, लेकिन वह अपना भोजन अपने घर में बनाती थी, और रामानंद के साथ खाती थी। प्रतिदिन उसके जीवन के जितने घंटे तहसीलदार साहब की हवेली में बीतते थे, वह सब उस नये जीवन की

रक्षा के लिए था, जिसकी आत्मा रामानंद था। और जो शेष क्षण उसके, रामानंद के साथ, अपने घर में बीतते थे, वही उसकी तपस्या थी, जिसके आधार पर उसे जीने का आत्मिक मोह था।

सुभागी किसी न किसी भांति आनंद को याद किया करती थी। एक दिन पारो बुआ ने अपने बक्स से, उसी वर्ष की खिंचाई हुई आनंद की नई फोटो निकाली और उसे सुभागी को दिखाया। वह देखती ही रह गई। कितने बड़े हो गए आनंद बाबू और कितने गंभीर! तेज मुख पर वंती जीजी की नाक और आंख की कितनी प्यारी छाप है!

चित्र लिए हुए सुभागी पारो बुआ के कमरे से हवेली के पिछवाड़े चली गई और पपीते के पेड़ों के नीचे खड़ी-खड़ी आनंद के चित्र को देखने लगी।

निर्जीव चित्र चुप था, सुभागी भी उसके साथ उसी तरह चुप थी। लेकिन उसने अपनी दृष्टि को चित्र की आंख की गंभीर चितवन से मिला दिया और जैसे वह भी निर्जीव हो गई। चित्र में आनंद के साथ वह भी बैठ गई।

दोनों के बीच लकड़ी का घोड़ा था। आनंद के हाथ में चाबुक और सुभागी के हाथ में गुड़िया थी, जो अभी तक कुमारी थी। सुभागी मचल रही थी कि वह अपनी गुड़िया को आनद के घोड़े पर बिठा दे। आनंद चुप था। सुभागी ने गुड़िया को उसके घोड़े पर बिठा दिया। आनंद फिर भी चुप था।

फिर सुभागी ने पूछा, 'अब यह क्यों?'

'अब हम लोग बच्चे थोड़े हैं,' आनंद ने जैसे गंभीरता से उत्तर दिया, 'हम लोगों का वह बचपना, वे अनोखे खेल सब पीछे छूट गए। मैं अब एम० ए० पास हूं और अब तुम श्रीमती सुभागवती हो। अब तो हमारे

सब खेल छुट गए।'

'लेकिन आनंद! तुम्हारे हाथ में चाबुक जो है, तुम आज मुझे एक बार फिर इसी चाबुक से मेरे मुंह पर मारो और डांटकर मुझसे पूछो, तू अब तक क्यों जिंदा है सुभागी?'

पीछे से एकाएक पारो बुआ की हंसी उभरी। सुभागी आसमान से धरती पर लौट आई। लजायी हुई पास खड़ी हो गई।

"अच्छा, तुम इस चित्र को अपने पास रख लो ना!" बुआ ने कहा।

"नहीं, बुआजी! आप ही अपने बक्स में रखिए, मुझसे कहीं खो न जाए!"

फिर सुभागी बुआ के साथ भीतर चली गई।

पिछले दो पत्रों में क्रमशः बुआ ने सुभागी का परिचय, फिर उसका थोड़ा-सा विवरण आनंद को दिया था। दूसरे पत्र का उत्तर आनंद ने दिया और उसने बुआ को लिखा था कि उसे सुभागी की याद आ गई, उसीको वह बांसी में सुग्गी के नाम से पुकारता था।

तीसरे पत्र में सुभागी ने आनंद को अपना नमस्ते भेजा और शीघ्र ही दर्शन पाने की कामना प्रकट की; परंतु इसका आनंद ने कुछ न उत्तर दिया। इसके बाद सुभागी ने बुआ से दो पत्र, एक के बाद एक, भिजवाए और दिन-रात वह उसके आने की बाट जोहने लगी।

अक्तूबर का पहला सप्ताह था। पिछले दिनों कामताप्रसाद की दूसरी पत्नी प्रभा नन्हा और गीता के साथ बरेली, अपने मायके चली गई थीं। वहां उनके भतीजे की शादी थी।

उन्हीं दिनों तहसीलदार साहब ने बुआ, रत्ती और सुभागी के लिए जाड़ के कपड़े खरीदे थे। सुभागी फूली न समायी थी। पेटीकोट के साथ

उसे जो साड़ी मिली थी, वह सबसे अच्छी थी। उसीसे मेल खाता हुआ उसका ब्लाउज था। दरवाजे ही पर दर्जी ने उसे सिला था।

इतवार का दिन था। दोपहर का भोजन पवित्रता से थाली में सजाकर सुभागी कामताप्रसाद के कमरे में ले गई और उसे उनके सामने मेज पर उसने रख दिया।

उसके पूरे बदन पर केवल एक पतली-सी साड़ी थी और कुछ न था। वह इसी तरह रोज खाना बनाती थी। थाली रखकर सुभागी कमरे से बाहर जाने लगी। कामताप्रसाद ने उसे बुलाया। वह और विनय से सामने खड़ी हो गई। उन्होंने एक ही दृष्टि में सुभागी को नख से शिख तक देखा, जैसे उन्होंने अभी तक उसे देखा ही न था।

सुभागी सिर झुकाए खड़ी थी और उनकी दृष्टि उसके स्वस्थ वक्षस्थल पर खड़ी थी। उसे इस तरह बातों में कड़ी रखने के लिए वे अनेक तरह की बातें करने लगे, "सुभागी, तुझे किसी तरह की तकलीफ तो नहीं है! रामानंद अच्छे से है न! डाक्टर चड्ढा कहते थे कि उसकी हालत काफी ठीक है। तू तो मेरी लड़की की तरह है, फिर किसी बात का संकोच क्या? मुझे तेरे पीछे आनंद की मां और तेरी मां जमुना की याद आती है। मेरे रहते तू किसी बात की चिंता न करना।...रामनगर वालों में से तो अब कोई तुझे कुछ नहीं कहता! और अब सिकन्दरपुर वालों की क्या हिम्मत! कोई बात होगी तो मुझसे निःसंकोच कहना, मैं तेनुआं के थानेदार से सब ठीक करा दूंगा...संयोग को क्या कहें, तू यहीं पास के गांव में मुसीबतों में फंसी रही और मुझे कुछ भी न पता चला! खैर..."

सुभागी कामताप्रसाद की सारी बातों के उत्तर में आद्र नयम, सिर झुकाए इतना ही बीच-बीच में कहती जाती थी, "बाबूजी, सब आपकी कृपा...सब ठीक है बाबूजी!...हां, बाबूजी, नहीं बाबूजी...!"

और शेष वह चुपचाप धरती ही देख रही थी। और कामतप्रसाद की वाणी भोजन के बीच से बातें कर रही थी और उनकी पैनी दृष्टि अपनी गंभीरता में सुभागी के शरीर पर बहुत तीव्रता से त्रिभुजाकार घूम रही थी, जैसे उस दृष्टि से कुछ देखा नहीं जा रहा था, बल्कि उस दृष्टि में जैसे एक हाथ था, जो सुभागी के वक्षस्थल के महीन कपड़े को दूर हटाकर उसके स्वस्थ वर्त्तुल बिन्दुओं को स्पर्श कर रहा था। और जैसे उस स्पर्श करते हुए हाथ में एक जिह्वा भी थी, जो सुभागी के सुन्दर शरीर का स्वाद भी ले रही थीं। और वह स्पर्श, वह स्वाद भोजन करते हुए कामताप्रसाद की आंखों में साफ उतरता जा रहा था।

सुभागी मुड़ी। भागी। आंगन में गई और कपड़े बदलकर अपने घर चली गई।

शाम को सुभागी अपने घर से बहुत देर को लौटी। हवेली में सब लोग उसका इंतजार कर रहे थे। उसने आते ही आनंद के पत्र के बारे में बुआ से पूछा, लेकिन उस दिन की भी डाक में उसका कोई पत्र न आया था।

उस दिन, रात का भोजन सुभागी ने बहुत अलस मन से बनाया। थोड़ा तो उसके सिर में दर्द था और उसका मन भीतर ही भीतर न जाने क्यों अकुला रहा था।

भोजन तैयार करके उसने आज सबसे पहले पारो बुआ को साग्रह खिलाया। फिर उसने अपनी पूरी बांह की कमीज पहनी, तहसीलदार साहब के लिए थाली लगाई और उसे लिए हुए वह उनके कमरे में गई।

कामताप्रसाद ने सुभागी को अर्थपूर्ण दृष्टि से देखा और वे मुस्करा पड़े, “अरे! आज तूने कमीज पहनकर खाना बनाया है?”

सुभागी कुछ बोली नहीं, उसने धीरे से सिर हिला दिया। "खैर, कोई बात नहीं," कामताप्रसाद ने स्नेह से कहा, "लेकिन तूने यह क्या भद्दी-सी कमीज पहनी है ! तेरे लिए तो मैंने जो ब्लाउज सिलवाया है, उसे क्यों नहीं पहनती ? जैसी तू है, वैसा ही कपड़ा तुझे पहनना चाहिए !"

सुभागी चुप थी।

"कल से उसे ही पहनना, हां !"

उसी क्षण वह चुपचाप कमरे से बाहर निकल गई।

तहसीलदार साहब का सिलवाया हुआ ब्लाउज सुभागी को बिल्कुल पसंद नहीं था। उसे पहनना वह अपनी बे-आबरू ही समझती थी। उससे बहुत अच्छा तो वह अपनी साड़ी का आंचल समझती थी। उससे शरीर तो पूरा ढक जाता था। लेकिन उस ब्लाउज से तो नंगा ही भला। पूरा शरीर कस जाता था। जो अंग ढकने को होते थे, उस ब्लाउज से उसमें और बेपर्दगी आ जाती थी। पूरी बांहें खुली-खुली, पूरे ढंग से पेट भी नहीं ढक पाता, पहनते ही दम घुटने लगता था; दहिजरा, वह भी कोई पहनावा था ! सुभागी को उससे सहज चिढ़ थी।

कामताप्रसाद सुभागी को दो दिनों तक टोकते रहे, लेकिन उसने अपना पहनावा नहीं बदला। तीसरे दिन दोपहर को सुभागी ने बताया, "बाबूजी ! मुझे वह कपड़ा बहुत कसा लगता है !"

"इसलिए वह मेरा सिलाया हुआ ब्लाउज तुझे पसंद नहीं," कामताप्रसाद ने गंभीरता से कहा, "और मुझे तुम्हारी यह भोंडी कमीज पसंद नहीं। तू मेरी हैसियत नहीं समझती ! तुझे कोई ऐसा देखेगा तो क्या कहेगा ?"

जो थोड़ा-सा सिर-दर्द सुभागी को पिछले दिन हुआ था, वह दूसरे दिन बहुत बढ़ गया। पूरे दिन वह सिर-दर्द से परेशान थी। फिर भी वह कराहती हुई चौके में रसोई बनाने बैठी। लेकिन पारो बुआ ने

उसे बनाने न दिया। और अगले दो दिनों तक सुभागी की दशा वैसी ही रही।

दर्द से कराहती हुई, वह सिर थामे, दीवार के सहारे बैठी थी। पारो बुआ खाना तैयार कर रही थी। तब तक बाहर से रत्ती हाथ में एक लिफाफा लिए, दौड़ी हुई आई, "बुआ, लखनऊ से आनंद बाबू की चिट्ठी!"

"सच! देखें!!" सुभागी को जैसे क्षण भर के लिए सारा दर्द भूल गया।

"हां, हां,...सुभागी को दे दे न!" बुआ ने कहा, "मैं चौके में हूं; उसीको दे दे,...वह पढ़ देगी!"

"अब तो सिर-दर्द अच्छा हो जाएगा न!" रत्ती ने सुभागी को चिट्ठी देते हुए कहा, और वह आंखों में शरारत लिए हुए उससे सटकर बैठ गई।

सुभागी ने प्यार से उसकी पीठ पर चपत-सी लगा दी और वह खत खोलने लगी। इस बार आनंद ने बुआ के खत के साथ सुभागी का भी एक अलग खत लिखा था और दोनों में उसके आने की तारीख लिखी थी।

रात को सुभागी अपने घर गई और खा-पीकर वह अपनी खाट पर लेटी, तब उसे लगा, जैसे कहीं से फलों की ताजी सुगंधि उसके भीतर फैलती जा रही है और उसका दर्द से घूमता हुआ गाथा धीरे-धीरे हल्का होता जा रहा है और उसे लग रहा था, जैसे कोई उसके जलते हुए माथे पर चंदन की तरह नर्म और शीतल हथेलियां रखकर उसे सुला रहा है!

थोड़ी देर के बाद सुभागी सो गई और वह यह स्वप्न देखने लगी। लम्बा, बहुत काला-डरावना सांप है। सुभागी उसे बहुत मारती है, लेकिन वह मरता ही नहीं, न वह सुभागी को काटता ही है। जब वह मारते-मरते थककर चूर हो जाती है, तब वह विषैला सांप, उसके पैर से ऊपर चढ़ता

हुआ, गले तक चला। जाता है और उसके गले में वह हार की तरह पहन उठता है। और वह छटपटाती हुई रोने लगती है। फिर घोड़े पर चढ़ा हुआ एक राजकुमार आता है। उसके मुकुट में मोर के पंख लगे हुए हैं और उसके पीछे-पीछे तमाम मोर नाच रहे हैं। राजकुमार पास आता है, चुपके से सांप उसके गले को छोड़कर कहीं खिसक जाता है। मोर नाचते ही रह जाते हैं और राजकुमार चुपके, वहां से भाग जाता है।

उस शाम को आनंद के आने की तिथि थी। सुबह से ही सुभागी के मन में एक अजीब-सी घबड़ाहट हो रही थी। किसी भी काम में उसका पूरा मन नहीं लग रहा था। सुबह से शाम तक उसने आनंद के चित्र को तीन बार देखा था।

संध्या बीत गई। सुभागी चौके में थी। एकाएक उसे लगा कि बाहर कोई आ गया। वह झट बाहर दौड़ी, उसे अपने पर ग्लानि हुई, वह लौट आई, 'क्या हो गया है मुझे! ...मुझे ऐसा नहीं चाहिए...मुझे तो कहीं अंधकार में छिप जाना चाहिए। रोती रहना चाहिए, उन्हें सुधि होगी तो मुझे ढूढेंगे, फिर मैं देखूंगी, वे मुझे रोने से मना करते हैं या नहीं।'

चौके में सुभागी की आंखें आंसुओं से भरी हुई थीं। पारो बुआ बाहर दरवाजे की देहरी पर खड़ी-खड़ी आनंद के आने की बाट जोह रही थी। रत्ती आंगन में थी। तहसीलदार साहब कहीं घूमने गए थे।

सहसा बाहर से बुआ की आवाज़ आई कि वे आ गए। सुभागी चौके से उठी और पास के अंधेरे कमरे में जा छिपी।

"और सुभागी कहां है?" आंगन में पैर रखते ही आनंद ने बुआ से पूछा। रत्ती सुभागी को पुकारने लगी।

परंतु सुभागी सब देखती हुई, सब सुनती हुई, कमरे के अंधकार में छिपी चुपचाप खड़ी थी। वह आंसुओं के बीच से आंगन में कुर्सी के पास

खड़े हुए आनंद को देख रही थी।

"नहीं मिलीं वह!" आनंद ने फिर पूछा।

"वह लाज के मारे कहीं छिपी होगी।" यह कहकर बुआ ने लालटेन ली और बरामदे में बढ़ती हुई वह कहने लगी, "अरे सुग्गी! कहां छिप गई तू...अब तक तो अपने नन्नू को देखने के लिए जान दे रही थी।"

बुआ ने उस कमरे में प्रवेश किया। सुभागी दीवार से अपना मुंह छिपाए नि: शब्द खड़ी-खड़ी रो रही थी।

"अरे! तू...यहां खड़ी-खड़ी रो रही है!"

बुआ हैरान हो गई। तब तक आनंद ने पास से ही धीरे से पुकारा, "सुभागी!"

और वर्षों का पुल अपने नये निर्माण के लिए एकाएक टूट गया। सुभागी आनंद के पैरों से लिपट गई, और अपनी पूर्ण चेतना में वह तब आई, जब उसे अपनी नंगी पीठ पर ही आनंद के हाथ की स्नेह-सांत्वना भरी थपथपाहट महसूस हुई।

सुभागी ने झट से अपनी कमीज पहनी। स्टोव जलाया, और चाय बनाने लगी। आनंद आंगन में कुर्सी पर बैठा हुआ सुभागी के विषय में पूछता जा रहा था, बुआ उसे बताती जा रही थी, बीच-बीच में रत्ती भी बोल उठती थी; लेकिन सुभागी चुपचाप चाय बना रही थी।

आनंद चाय पीता हुआ सुभागी को वहां से हटाकर, उसे विगत में ले जाकर देख रहा था। सुभागी सात वर्ष की है। झबरे-झबरे उसके बाल हैं। गोरा-सा लम्बा मुंह है। बड़ी-बड़ी स्वच्छ आंखें हैं। वह माताजी की गोद में बैठी है। जमुना खाना बना रही है।

माताजी गाकर कहती हैं :

'जे रघुवीर चरन अनुरागे, तिन्ह सब भोग रोम समत्यागे।'

सुभागी उसी गीत को तुतलाकर गाती है :

'जे लघुवील चलन अनुलागे; तिन्ह सब भोग लोग छमत्यागे!'

पास ही आंगन में गेंद खेलता हुआ एक आठ वर्ष का लड़का दौड़ता हुआ आता है और सुभागी के उस झबरे-झबरे बालों को पकड़कर झकझोर देता है, 'लघुवील-लघुवील क्यों कहती हो, रघुवीर कहो!'

बच्ची रो देती है। बालक तेजी से भगता है। माताजी उसे खदेड़कर पकड़ लेती हैं, फिर बालक बच्ची से क्षमाप्रार्थी होता है।

और आज आंगन में बैठे हुए आनंद को लगा, जैसे वह गेंद खेलता हुआ बालक आज की सुभागी के सामने खड़ा है। लेकिन अब उसे क्या हो गया, वह तो आज कुछ बोल ही नहीं रही है। बुआ और रत्ती उसकी ओर से बोल रही हैं!

रात को जब, सब लोग खा-पी चुके और सुभागी अब तक बिना कुछ बोले अपने घर जाने लगी, तब आनंद ने विनय से कहा, "मैं तुम्हारे घर चल सकता हूं।"

सुभागी कुछ बोली नहीं। उसने एक क्षण आनंद की आंखों में देखा, फिर दृष्टि नीचे कर ली और वह खड़ी रह गई।

आनंद आगे-आगे चलने लगा और छाया की भांति सुभागी पीछे-पीछे। सड़क पर आते-आते वह आनंद के बायें चलने लगी और उसे लिए हुए वह अपने घर पहुंच गई।

कमरे में एक मैला-सा चिराग जल रहा था। मच्छरों से बचने के लिए रामानंद अपने को सिर से पांव तक ढके हुए लेटा पड़ा था। आहट पाते ही रामानंद ने अपना मुंह खोला।

"यही वे बाबू हैं," सुभागी ने टूटते स्वर में कहा, "और यही मेरे..."

सुभागी अपने को संभालती हुई वहां से हट गई। रामानंद के मुख पर प्रसन्नता थी और उसकी आंखें भरी हुई थीं। आनंद उसे देखता

हुआ चुप खड़ा था। कहीं अंधकार से सुभागी के सिसकने की आवाज आ रही थी। लग रहा था, जैसे अपने जन्म भर का उलाहना, घायल हृदय और वीरान आंखों में संचित सब आंसुओं को वह आज ही रोकर बहा देना चाहती थी। वर्षों से उसको इस भांति रोने की अमित अभिलाषा थी।

"अरे सुभागी!" रामानंद ने पुकारा, "बाबू को कहीं बैठाओगी कि रोती रहोगी?"

सुभागी अपना बक्स ले आई और उसने आनंद के पास रख दिया।

आनंद बैठकर रामानंद से बातें करने लगा। सुभागी वहां से मुड़ी और चूल्हा जलाने लगी। थोड़ी देर के बाद वह एक गिलास में चाय लिए हुए लौटी। गिलास जल रहा था। सुभागी उसे अपने आंचल के छोर से पकड़े थी। वह उसी तरह आनंद को गिलास पकड़ाने लगी।

"यह क्या?' आनंद ने पूछा।

"यह हमारी चाय है!" सुभागी ने आंचल में संभालते हुए गिलास को उसे साग्रह पकड़ा दिया और वह खड़ी रही।

"सुख से थे न बाबू!" सुभागी ने गिलास लेते हुए पूछा।

स्वीकृति में आनंद ने सिर हिलाया और वह नीचे देखने लगा।

"क्या पता था कि फिर भेंट होगी!" सुभागी ने वेदना से कहा, "और इस दशा में भेंट होगी!"

आनंद ने प्रश्न-भरी दृष्टि से सुभागी को देखा, कुछ बोला नहीं।

"वंती जीजी के स्वर्गवास के बाद हमारी कौन खोज करता!" यह कहकर सुभागी कुछ क्षण चुपचाप खड़ी रही, फिर चौके में चली गई।

रामानंद ने धीरे-धीरे जमुना की बात, सुभागी और अपने विवाह की

बात, अपनी गृहस्थी और अपने रोग की बात, सिकन्दरपुर की विपत्तियों और उसे छोड़कर रामनगर आने तक की बात आनंद को सुना दी। उसी समय सुभागी आई। उसके मुख पर एक ऐसी आभा उभर आई थी, जो मुस्कान के समय उभरती है।

उसने बच्चों की भांति कहा, "छोड़ो भी इन बातों को, चलो आज मेरे बाबू के संग चौके में खाना खाओ !"

आनंद सुभागी के सामने अपने को उस बच्चे की तरह पा रहा था, जिसने अपनी मां के प्रति कोई बहुत बड़ा अपराध किया हो और उसे अब संतुष्ट करने के लिए वह अपने सारे दुराग्रह को पीकर, मां के किसी भी संकेत को पालन करने में अपने को धन्य समझ रहा हो।

केवल दाल-चावल का भोजन था। सबने खाया। रात काफी बीत चुकी थी।

रामानंद लंगड़ाता हुआ आनंद को घर से बाहर तक छोड़ने आया, और सुभागी उसे हवेली तक छोड़ने आई। अंत में आनंद भी न माना। वह सुभागी को उसके घर तक छोड़ने आया। आने-जाने तक के क्षणों में दोनों चुप थे।

"तूने अपने मुंह से मुझे कुछ भी न बताया," आनंद ने स्नेह से कहा, "लेकिन तुम्हारे विषय में मैंने सब कुछ जान लिया !"

"सच !"......सुभागी सिर झुकाए खड़ी थी, "अभी सब कहां जाना है बाबू, अभी तो..." फिर वह रो पड़ी। जल्दी से आनंद को विदा दी और अपने घर चली गई।

आंगन में लालटेन जल रही थी। बुआ और आनंद भोजन करके कुर्सी पर बैठे हुए बातें कर रहे थे। तहसीलदार साहब टहलकर देर से लौटे थे।

सुभागी भोजन की थाली लिए हुए तहसीलदार साहब के कमरे में गई। उन्होंने पूर्वग्रह से सुभागी को देखा। वह झुककर मेज पर थाली रख रही थी। तब तक उन्होंने आवेश में थाली को हाथ से झटक दिया। थाली झनझनाकर फर्श पर टूट गई और उसके बीच से तहसीलदार साहब की डांटती हुई आवाज़ उभरने लगी, "मैंने लाख बार समझाया कि ज़रा सफाई से खाना बनाया करो। अगर तुझे कपड़ा ही पहनकर खाना बनाना है तो मेरा सिलाया हुआ ब्लाउज़ तू क्यों नहीं पहनती?"

अभियोगी की भांति सुभागी डरी हुई चुप खड़ी थी। बुआ ने कमरे में प्रवेश करते ही कहा, "इसे वह ब्लाउज पसंद, नहीं है, मैं इसे कल दूसरा ब्लाउज सिल दूंगी!"

सुभागी ने बैठकर टूटी थाली में बिखरे हुए भोजन को संभाला और वह चुपचाप बाहर चली गई।

आनंद आंगन में बैठा देखता रहा। सुभागी ने अपने कपड़े बदले। फिर से वह चौके में गई। और दुबारा वह भोजन बनाने बैठी। आनंद के सामने सुभागी की बात एक दीवार की तरह शून्य में खिंच गई, 'अभी सब कहां जाना बाबू!'

रात के ग्यारह बजे। सुभागी ने दुबारा नया भोजन थाली में सजाया और उसे लिए हुए वह तहसीलदार साहब के कमरे में गई। कमरा खाली था। मेज पर एक बोतल और खाली गिलास रखा था। कमरे का पिछला दरवाजा खुला था। सुभागी एक क्षण कमरे में खड़ी रही। फिर उसने मेज पर थाली रख दी और पिछले दरवाजे से वह बाहरी कमरे को पार करती हुई दरवाजे पर गई। तहसीलदार साहब बाहर टहलते हुए सिगरेट पी रहे थे।

सुभागी ने भोजन के लिए उन्हें बुलाया। वे कमरे में आकर भोजन

करने के लिए बैठे।

"बोतल और गिलास को उस बक्स में रख दो!"

सुभागी ने उनकी आज्ञा-पालन की और कमरे से वह बाहर जाने लगी।

"रुको," उन्होंने कहा। सुभागी रुक गई, लेकिन उसका मुख सीधे दीवार की तरफ था।

"मेरी तरफ देखो," उन्होंने खाते हुए कहा, और सुभागी को सीधे उनके सामने खड़ा होना पड़ा।

सुभागी ने अपने बंधे आंचल के नीचे दोनों हाथ डाल रखे थे। तहसीलदार साहब की पैनी दृष्टि उसके आंचल पर दौड़ी, लेकिन कहीं से भी वह दष्टि आंचल के भीतर प्रविष्ट न हो सकी, जैसे उस दृष्टि के जो हाथ थे, उनको सुभागी के आंचल के नीचे के हाथों ने तोड़ दिया था। अतएव उनकी दृष्टि उसके आंचल के ऊपरी सतह से ही फिसलकर नीचे झुक गई सुभागी के पैरों पर।

वे कहने लगे, "भोजन में सफाई का विशेष स्थान है, फिर तो तुम ब्राह्मण हो।...बुरा तो नहीं मान गई। खुश-नाखुश अपने से ही हुआ जाता है...ठीक है न!"

सुभागी कमरे से बाहर जाने लगी। तहसीलदार साहब ने उसे टोकते हुए फिर कहा, "तू जा रही है सुभागी...ओह...ठीक है, अभी तुझे अपना खाना बनाना होगा न! लेकिन हां,...एक बात तो सुन!"

सुभागी कमरे के दरवाजे पर खड़ी हो गई। उन्होंने बताया, "कल शाम को रामानंद को खिला-पिलाकर आना। रात को तुझे यहीं रहना होगा। रत्ती कल गांव जा रही है, परसों तक आ जाएगी। नहीं तो रात को प्यास वगैरह लगने पर पानी तक नहीं मिलेगा...समझी!"

सुभागी घर जाने के लिए आंगन में खड़ी हुई। आनंद आंगन में टहल

रहा था। रत्ती नल से पानी खींच रही थी।

आनंद रत्ती के पास गया और उसने पूछा, “कल तू अपने घर जा रही है ?”

“हां बाबू, साहब ने खुद मुझे छुट्टी दी है,” रत्ती ने बचपने के भाव से कहा, “साहब ने कहा, जा रत्ती, कल तू अपने घर घम आ !”

आनंद चुप खड़ा था।

“क्यों बाबू, क्या बात है,” रत्ती ने अपना काम समाप्त करते हुए कहा, “कोई काम हो तो मैं न जाऊं, यहां से अच्छा मेरा घर थोड़े हैं।”

“ठीक है, कुछ नहीं, वैसे ही मैंने पूछा।”

सुभागी के साथ आनंद उसके घर आया। तब तक रामानंद सो गया था।

“आज तो बहुत देर हो गई !” आनंद ने चिंता से कहा।

“कोई नई बात नहीं।”

यह कहकर सुभागी चौके में गई, और आग जलाने लगी। आनंद भी चौके ही में बैठा। सुभागी आटा गूंथने लगी। आनंद आलू काटने लगा। आज की घटना के प्रकाश में आनंद बातें करता रहा, पूछता रहा और सुभागी बताती भी रही।

रोटी सेंक चुकने के बाद, सुभागी ने एक गहरी दृष्टि से आनंद को देखा और उससे कहा, “छोड़ो इन बातों को ! इनसे तो मेरा कलेजा झांझर हो गया...सच, क्या बताऊं !”

“तो ?” आनंद ने पूछा।

“कोई ऐसी बात करो बाबू, जिससे मुझे हंसी आ जाए,” सुभागी ने दीनता से कहा, “नहीं तो मुझे हंसना भी भूल जाएगा !”

आनंद की आंखों में आंसू उमड़ आए।

“न जाने कितने दिन हुए, उन्होंने एक दिन कहा था, ‘सुभागी !

कभी-कभी गीत गा लिया करो, नहीं तो मुझे सब गीत भूल जाएंगे...और जब तुझे गीत भूल जाएंगे...तब तुम...तब तुम...' "

इतना कहते-कहते सुभागी के मुंह पर जैसे उसके हृदय का सारा रक्त उमड़ आया और उसके सामने रामानंद की वह वर्षों पुरानी तस्वीर आ गई, जब उसने यह कहा था और उसका मुंह इसी तरह एकाएक सुर्ख हो गया था।

"तब तुम...तब तुम क्या?" आनंद ने पूछा।

"कुछ नहीं, इतना ही उन्होंने कहा था," सुभागी ने अपने मुंह को आंचल से पोंछते हुए बताया, "और उनकी बात सच निकली, आज मुझे सब गीत भूल गए!"

लेकिन तुम हंसी नहीं भूल सकतीं।"

"क्यों?"

"क्योंकि तुम रोती जो हो!" आनंद ने थोड़ा रुकते हुए गंभीरता से कहा, "ईश्वर ने जब मनुष्य को बनाया, तब वह ईश्वर के सामने आकर हंसने लगा। ईश्वर घबड़ा गया, अरे यह तो हंसता है। तब उसने मनुष्य को तत्काल रोने का भी अभिशाप दे दिया!"

बीच ही में सुभागी को हंसी आ गई।

आनंद मुस्कराते हुए कहने लगा, "समूची सृष्टि में मनुष्य को छोड़कर और कोई नहीं रोता, इसलिए उसीको हंसी की जरूरत है, शेष को नहीं। जो रोता है, उसे ही जिन्दा रहने के लिए हंसी चाहिए!"

अगले दिन रत्ती अपने गांव चली गई। उस दिन सुभागी को बर्तन धोने से लेकर भोजन बनाने, बिस्तर लगाने और तहसीलदार साहब को खिलाने तक का काम करना पड़ा। जैसाकि तहसीलदार साहब ने कहा था, सुभागी को इतनी फुर्सत ही न मिली कि वह शाम को रामानंद को खिलाकर आए।

रात के बारह बज रहे थे। हवेली में सब अपने-अपने कमरे में सो गए थे। लेकिन आनंद को अब तक नींद न आई थी। उसकी बंद आंखों में धुंधले-धुंधले बादल जैसा कुछ फैल रहा था और उस बहते हुए धुंधलके में हरी-पीली, लाल, काली और कभी-कभी एक ही साथ सतरंगी रेखाओं के बीच वह देख रहा था, जैसे सुभागी बहुत तेजी से कहीं भाग रही है, उसके बिखरे हुए बाल हवा में फैले हैं और पीछे से उन बालों को पकड़े हुए कोई उसे घसीट रहा हैं।

सहसा कमरे से सुभागी को पुकारती हुई कामताप्रसाद की आवाज़ उभरी। आनंद सुनकर भी चुप रहा। कई बार पुकारने के बाद वे कमरे से बाहर निकले, आंगन के बरामदे में आए और एक कड़ी आवाज से उन्होंने फिर सुभागी को पुकारा।

आनंद ने लालटेन की धीमी रोशनी को तेज की और उसे लिए हुए वह कमरे से बाहर निकला।

"कहिए, क्या जरूरत है ?" आनंद ने पास आकर कहा, "पीने के लिए पानी दूं !"

"सुभागी कहां है ?" तहसीलदार साहब के स्वर में एक विचित्र-सा दबाव था।

"वह तो घर गई !"

"क्यों ? कैसे गई वह घर ? किसकी इजाजत से गई ?"

"आपको सब मालूम है !" आनंद ने धीरे से कहा।

तहसीलदार साहब ने आग्नेय दृष्टि से उसकी ओर देखा।

"लेकिन कुछ काम तो बताइए," आनंद ने आदर से कहा, "मैं तो हूं ही।"

"वह तो मुझे मालूम है कि तुम हो और चारों ओर हो," तहसीलदार साहब ने व्यंग्य को क्रोध में ढालते हुए कहा, "बेहया कहीं के ! तुझे शर्म

नहीं आती ! देख रहा हूं, जब से लखनऊ से तू आया है..."

नींद से जगकर पारो बुआ पास आ गई। उसने एक क्षण तो दोनों को देखा, फिर पूछा, "क्या हो रहा है यहां ?"

"इन्हींसे पूछिए !" आनंद ने कामताप्रसाद की ओर देखकर बुआ की ओर देखा। फिर उसने दृष्टि नीचे गिरा ली।

"क्या बात हुई भैया ?" बुआ ने पूछा।

"कुछ नहीं।" उन्होंने क्रोध से आनंद की ओर देखा, न जाने किसे एक भद्दी-सी गाली दी और झटके से अपने कमरे को बंद कर लिया।

दोपहर को उन्होंने खाना नहीं खाया। रात को बुआ ने उनके लिए भोजन तैयार किया, उन्होंने उसे भी खाने से इनकार कर दिया। वे क्या चाहते थे, किसपर क्रोध था उन्हें, वे कुछ न बताते थे। बुआ मनाकर हार गई। उनके मित्र डाक्टर चड्ढा उन्हें मनाने आए, लेकिन उन्होंने किसी का न माना।

रात काफी बीत गई थी, लेकिन अब तक किसीने भोजन न किया था। सब उदास आंगन में बैठे थे। तहसीलदार साहब अपने कमरे में न जाने क्या पढ़ रहे थे।

"तो आप भी आज भोजन नहीं करेंगे ?" जैसे रोकर सुभागी ने आनंद से पूछा।

"अब तो जब वे भोजन करेंगे, तभी मैं कर पाऊंगा," आनंद ने संयत स्वर में कहा, "लेकिन अब तो तुम घर जाओ, रामानंद रास्ता देख रहा होगा !"

सुभागी की आंखों में आंसुओं के बीच सहसा कुछ दीप्त हो उठा। वह झट से बुआ के कमरे में गई। उसने अपने कपड़े उतारकर तहसीलदार साहब के दिए हुए पेटीकोट, रंगीन साड़ी और ब्लाउज

तीनों कपड़ों को करीने से पहना। चौके में आई, भोजन की थाली सजाकर वह यंत्रवत् कामताप्रसादजी के कमरे में गई। आंगन में बैठे हुए आनंद, बुआ और रत्ती तीनों अपने-अपने में हतप्रभ-से थे। कान खड़े कर तीनों कमरे की ओर देख रहे थे और जैसे वे क्षण गिनते जा रहे थे।

धीरे-धीरे वे क्षण लम्बे हो गए। कमरे से कोई आवाज न उठी। कुछ फूटा नहीं, गिरकर कुछ टूटा नहीं। आनंद आंगन से बढ़कर बरामदे में आया और उसने पर्दे के किनारे से देखा। वे प्रसन्नता से भोजन कर रहे थे। सुभागी सामने जैसे जकड़ी हुई खड़ी थी। उनकी आंखें उठतीं, सुभागी पर टिक जातीं, फिर उसी दृष्टि की प्रतिक्रिया उनकी आंखों में होती और होंठों पर उनकी रेखाएं उभर जातीं।

आनंद आंगन में लौटकर टहलने लगा। कुछ देर के बाद दरवाजे पर चला गया और सहन में बेमतलब घूमता रहा।

आधे घंटे के बाद जब वह भीतर लौटा, उसे पता चला कि सुभागी अपने घर चली गई। आनंद उसी पांव सुभागी के घर गया। प्रवेश करते ही उसने देखा, रामानंद दीवार के सहारे खाट पर बैठा है और सुभागी उसके पायताने मुंह के बल लेटी पड़ी है। रामानंद अपने बायें हाथ से उसके बिखरे हुए बालों को सिर पर संवारकर उसे सावधानी से आंचल से ढक रहा था।

आनंद चुपचाप कमरे में आकर खड़ा हो गया। रामानंद उसे देखकर स्वागत के भाव से इतना भर गया कि वह बिना कुछ बोले खाट से उठने का प्रयत्न करने लगा। आनंद ने बढ़कर उसे उठने से रोक लिया, तब रामानंद ने सुभागी को जैसे जगाते हुए कहा, "सुभागी! उठ देख, आनंद बाबू आए हैं!"

सुभागी चौंककर, बहुत तेजी से उठी और चीखकर रोते हुए उसने

कहा, “मैंने लाख बार तुमसे मना किया, तुम मुझे सुभागी न कहा करो!”

“फिर क्या कहूं?” रामानंद के भी स्वर में दीनता का स्पष्ट रुदन था।

“बिपती,...मुझे बिपती कहकर पुकारो,” सुभागी अपने सहज रुदन को रोकने का प्रयत्न करती हुई कहने लगी, “मेरी मां ने मेरा नाम बिपती रखा था,...वंती मां ने मेरा नाम सुभागी रखा था...। अब मुझे कोई सुभागी न कहे!”

आत्मा के उसी आवेश में सुभागी ने अपना सिर सामने दीवार से दे मारा। रामानंद चीख पड़ा। आनंद ने बढ़कर उसे बाहुओं से पकड़ लिया, “यह क्या कर रही हो तुम!”

सुभागी का रुदन टूट चुका था, यद्यपि उसका मुंह आंसुओं से भीगा था। आंखें शान्त, लेकिन निस्तेज, नि:स्पंद हो रही थीं, जैसे मन का तूफान थम गया था और वह निश्चेष्ट कहीं से धीरे-धीरे पृथ्वी पर उतर रही थी।

आनंद अकेले चौके में गया, वहां कुछ न था, जलाने तक की लकड़ी न थी।

वह घर से निकलकर बाजार की ओर बढ़ने लगा। सुभागी ने दौड़कर, पीछे से, उसका दायां हाथ पकड़कर रोक लिया। बिना कुछ बोले, वह उसी तरह अपने दरवाजे पर लौट आई। बरामदे में गई, फिर वह खड़ी हुई, और आनंद ने उसे देखा। वह कांप गया। सुभागी के माथे पर, ठीक बीचोबीच गोलाई में सूज आया था।

“यह क्या किया तूने!” आनंद ने अपनी दाई हथेली से उसे ढक लिया।

“तब तूने वह क्यों कहा?” आंसुओं से सुभागी का गला फिर रुंध

गया।

"क्या कहा?"

"क्या कहा! क्या कहा!!" बच्चों की तरह क्रोध दिखाती हुई सुभागी ने कहा, "जैसे भूल गए, कहा नहीं कि, 'अब तो जब वे भोजन करेंगे, तभी मैं कर पाऊंगा!' नहीं कहा था?"

"क्या बच्चों की तरह बात करती हो," आनंद ने कहा, "तो क्या हो गया इससे?"

"कुछ नहीं! ...लोगों के लिए तो इतना ही हुआ कि उन्होंने भोजन कर लिया। लेकिन क्यों कर लिया?...इसे मैं ही जानूंगी!" सुभागी टूटते स्वर में कहती जा रही थी, "वे जीते, मैं हार गई। खाना खाकर उन्होंने थाली ही में हाथ धोया और मेरे ही आंचल में उन्होंने मुस्कराते हुए अपना हाथ पोंछा। वे रोज तो मुझे देखते ही थे। आज उन्होंने ब्लाउज की तारीफ करते हुए मुझे छुआ भी।" यह कहते-कहते सुभागी ने अपना मुंह आनंद के सीने में गड़ा दिया। वह निस्तेज खड़ा रहा, जैसे उसके ऊपर बर्फ गिर रही थी।

"भोजन कर लिया?" सुभागी ने सिसकियों में पूछा, "बोलो! बोलते क्यों नहीं!"

"क्या बोलूं...बताओ!"

आनंद कुछ देर तक निश्चेष्ट खड़ा रहा, फिर मुड़ते हुए उसने कहा, "मैं अभी आया।"

कुछ ही क्षणों में आनंद बाजार से लकड़ी, आटा-दाल-चावल वगैरह लादे लौटा, और चौके में रखते हुए उसने कहा, "भोजन कर लेना, और माथे की चोट पर हल्दी रख लेना।"

यह कहकर आनंद बाहर जाने लगा। उसने सुना, 'तब मैं कुछ नहीं करूंगी', और उसे लौट आना पड़ा।

आग जली। भोजन बना। आनंद ने उसकी चोट पर स्वयं पीस और गर्म कर हल्दी और प्याज रखी। और छुट्टी लेकर वह जाने लगा।

लेकिन जाते हुए आनंद को देखकर वह फिर रोकती हुई कहने लगी, "मत जाओ, आज यहीं सो जाओ न! यह भी तो घर है...आज न जाने क्यों मुझे बहुत भय लग रहा है!"

"घबड़ाओ नहीं, रामानंद तो यहां है ही!"

यह कहकर आनंद बहुत तेजी से सड़क की ओर मुड़ा और तेज कदमों से वह हवेली की ओर जाने लगा।

आनंद हवेली के बरामदे में पहुंचा। चारों ओर सन्नाटा था। फिर उसकी दृष्टि आंगन में घूमते हुए तहसीलदार साहब पर पड़ी। दोनों एक-दूसरे को देखकर रुके और क्षण भर के बाद आनंद अपने कमरे की ओर बढ़ने लगा।

"रुको!" तहसीलदार साहब ने आगे बढ़ते हुए कहा, "कहां थे अब तक?"

"क्यों?" आनंद मुड़कर खड़ा हो गया।

"रात के एक बज रहे हैं, और तुम यहां के तहसीलदार के भड़के हो।"

"मैं कुछ समझा नहीं?" आनंद ने संयत स्वर से कहा।

"नालायक, तुम समझोगे कैसे," क्रोध से उन्होंने कहा, 'दिल और दिमाग पर तो कुछ और ही है।"

"आप चाहते क्या हैं?" आनंद की वाणी में क्षोभ स्पष्ट था।

"सुबह ही लखनऊ लौट जाओ! तुम्हारे हक में यही अच्छा होगा।"

"और अगर न जा सकूं तो?"

"भूल गए अपनी हैसियत," वे आनंद के पास पहुंच गए और दोनों हाथों से हवा चीरते हुए उन्होंने कहा, "लखनऊ रहते हो तो क्या? एम०

ए० पास कर लिया है तो क्या?...मारे जूतों के साले तुम्हारी खोपड़ी गंजी कर दूंगा।"

आनंद चुप खड़ा था। तहसीलदार साहब की सांसें फूलने लगी थीं और वे कांपने लगे, "बेतों की मार भूल गई!...वह बैत मेरे पास अब भी है!"

यह कहते हुए वे तेजी से अपने कमरे में गए, बेंत ढूंढ़ने लगे। आनंद की एक इच्छा हुई कि वह बढ़कर उस कमरे को बाहर से बंद कर ले और उन्हें कमरे के भीतर चिल्लाने के लिए छोड़ दे; लेकिन उसने वैसा किया नहीं।

कांपते हुए कामताप्रसाद, स्थिर आनंद के सामने खड़े हो गए।

"अब निकालो कोई उल्टी सीधी जबान! अब करो कोई गुस्ताखी!!"

"आप ही सब कर लीजिए!"

"आप ही कर लीजिए! आप ही कर लीजिए!!" उन्होंने व्यंग्य करते हुए कहा, "साले कल-कल के लौंडे! सबक पढ़ाते हैं...हिलाओ कोई जबान! चुप क्यों हो गए?...उसने आज कोई खातिर नहीं की क्या?"

"किसने?"

"तुम्हारी मां ने और किसने!"

आनंद कांप गया और क्रोध से बेसुध हो गया। उसका दायां हाथ उनके गले पर गया और बायें हाथ से उसने उनकी बेंत छीन ली। उनके गले से एक ऐसी चीख आई, जैसे कटघरे में बंद अकेली कोई बकरी चीखती है।

दौड़ी हुई बुआ आई। रत्ती चिल्ला उठी। आनंद के हाथों में वे गिड़गिड़ा रहे थे। एकाएक उसकी दृष्टि बुआ पर पड़ी। फिर उसके भिंचे हुए हाथ ढीले पड़ गए। बेंत जमीन पर गिर पड़ी। तहसीलदार साहब ने

उसे आदेश में उठा लिया और इतने जोर से उन्होंने आनंद के सिर पर मारा कि वह बुआ को लिए हुए एक कदम आगे लड़खड़ा गया।

उसका सिर फूट गया और खून को देखकर बुआ कुछ क्षणों के लिए बेहोश हो गई। और जब उसे सुधि आई और उल्टे आनंद की गोद में उसने अपने सिर को पाया, तब वह रोने लगी।

"अगर रोना है तो हवेली के बाहर जाकर रो आवो," तहसीलदार साहब ने कमरे के दरवाजे पर आकर कहा, "तुम लोग मुझे सोने दोगे कि नहीं!"

आनंद ने जब दृष्टि उठाकर दरवाजे पर देखा, उस समय वहां कोई न था। उसकी आंखों में जैसे खून उबल रहा था और उसके बीच एक पूरी तस्वीर डोल रही थी।

कामताप्रसाद हाथ में बेंत ताने भयानक हंसी बिखेरता हुआ खड़ा है और उसके सामने बंदी की तरह सिर झुकाए खड़ी हैं पारो बुआ, वंती जीजी, जमुना, सुभाभी और प्रभा। पास ही रामानंद आनंद के साथ खड़ा है और वे दोनों चुपचाप कातर दृष्टि से एक-दूसरे को देख रहे हैं।

दूसरे दिन जब सुभागी, रामानंद और बुआ तीनों आनंद को घेरकर बैठे थे, तब भी वह उसी चित्र को बार-बार अपने सामने से गुजरता हुआ देख रहा था।

दोपहर का खाना बनाकर सुभागी आनंद के लिए थाली लगाने लगी। वह आंगन में रामानंद के पास बैठा था और बुआ चौकी पर बैठी हुई अब दातून कर रही थी।

आनंद जब चौके में बैठने लगा, उसके मुंह से एकाएक एक प्रश्न निकला, "तुम इस तरह यहां कब तक खाना बनाओगी?"

"जब तक बाबू, आप यहां रहेंगे।" सुभागी ने सहज भाव से कहा और सारी वेदना उसकी दृष्टि में उतर आई।

आनंद चौथी रात के भोर में रामनगर से लखनऊ जाने लगा। रात का बस, धुंधला-धुंधला अंधेरा शेष था। वह घोड़े पर चढ़ा हुआ सड़क से उत्तरी भाग में प्रवेश कर रहा था लेकिन उसे लग रहा था, जैसे वह घोड़े की पीठ पर नहीं बैठा है, बल्कि खड़ा है और घोड़ा उसके सिर पर अपनी चारों टापों से खड़ा है, और वह उसके बोझ को उठाए हुए धीरे-धीरे आगे बढ़ने के लिए छटपटा रहा है।

सहसा आनंद की दृष्टि सामने गई। वह घोड़े से उतरा। सरजू को उसने रास थमा दी, और उसे आगे बढ़ चलने के लिए कहा।

रामानंद कम्बल ओढ़े सड़क के किनारे बैठा था। सुभागी उसके सिर पर हाथ रखे हुए खड़ी थी।

"यहां क्यों चले आए?" आनंद ने पास आते हुए कहा, "मैं तो स्वयं तुम्हारे घर गया था।"

दोनों खड़े हो गए। सुभागी कुछ न बोली। तब रामानंद ने कहा, "आप तो हम लोगों से कल ही मिल आए थे। हमने रो भी लिया था। आपने यह भी कहा था कि आप आज के तड़के भोर में लखनऊ के लिए रवाना हो जाएंगे!"

"और मैंने यह भी तो कहा था," आनंद ने गिरी हुई वाणी से कहा, "तुम सब घर ही पर रहना, मैं अकेले चला जाऊंगा। मुझे पहुंचाना या छोड़ना क्या?"

"सो तो ठीक है बाबू! लेकिन तबीयत न मानी।" रामानंद ने सिर झुका लिया, "हम लोग बाबू! दो घंटे से यहीं बैठे हैं।"

सुभागी की खामोशी आनंद के गले को सुखाती जा रही थी और उसके अन्तःक्षितिज पर कुछ अबाध गति से बरसता जा रहा था।

"अच्छा, नमस्ते! फिर भेंट होगी!"

तब सुभागी ने चौंककर आनंद को देखा—एक अजीब मुद्रा दृष्टि

से। और आनंद ने उसे देखा। उस क्षण सुभागी का निस्तेज मुख सफेद पड़ गया था। परंतु अपनी निश्चेष्टता में, मूक मुद्रा में उसे सौ-सौ वाणी की शक्ति मिल गई थी। आनंद को लग रहा था, जैसे उसके चारों ओर असंख्य सुभागी उसी करुण मुद्रा में खड़ी हैं। और वह सबकी वाणी सुन रहा है।

आनंद ने फिर नमस्ते की। फिर बिदा मांगी। सुभागी के बंदी, निस्तेज हाथ एक बार उसके आंचल के नीचे कांपे, पर उठ न सके। आनंद चला गया। सुभागी वहीं खड़ी रही और उसकी धुंधली दृष्टि में फिर वही स्वप्न-चित्र उभरने लगा जिसे सुभागी ने आनंद के यहां आने से पूर्व देखा था :

विषैला सांप उसके गले में लटक उठता है। घोड़े पर चढ़ा हुआ एक राजकुमार आता है। उसके आगे-पीछे तमाम मोर नाच रहे हैं। राजकुमार उसके पास आता है। सांप भाग जाता है। मोर नाचते ही रह जाते हैं, लेकिन राजकुमार चला जाता है।

सुभागी ने मुड़कर फिर सड़क की ओर देखा, रामनगर की ओर देखा और अंत में उसकी दृष्टि रामानंद में एकीकृत हो गई।

तेरह

मृत्यु का एक अदृश्य रूप है, उसकी एक निश्चित अनुभूति है। इस पथ से मानव असंख्य वर्षों से चला जा रहा है, फिर भी वे सब इससे अपरिचित हैं, जिन्हें जीवन से घृणा नहीं है। और जिन्हें जीवन से घृणा हो जाती है, उनके सामने से मृत्यु का पर्दा फट जाता है और वे अदृश्य मृत्यु

को देख लेते हैं, उसका अनुभव पा जाते हैं। तब उनके सामने से मौत भागती है और जीवन उसे पकड़ने के लिए दिन-रात दौड़ता फिरता है। और जब दोनों थक जाते हैं, तब उनके लिए मौत भी मर जाती है। मौत पीछे छूट जाती है और जीवन आगे बढ़ जाता है, क्योंकि मृत्यु गंतव्य है, रूढ़ि है, एक स्थिर सीमा है और जीवन एक गति है, दौड़ है, एक आकारहीन व्याकुल संकल्पना है।

सुभागी को अपने अंक में छिपाए हुए, आनंद के दोनों हाथ अपने भावों में भिंचे थे। घर में चारों ओर निविड़ अंधकार था। एक भयानक सन्नाटे में दोनों निबद्ध थे।

आनंद ने चिराग जलाया। सुभागी के मुख को देखा। उसमें कहीं से भी रुदन न था, कोई प्रेरणा या गति न थी। उसका पूरा चेहरा उसी तरह सफेद हो गया था, जिसे क्षण भर के लिए आनंद ने तब उस भोर में देखा था, जब उस बार वह सुभागी से विदा लेकर लखनऊ जा रहा था। आंखें स्पष्ट कह रही थीं कि मानवता से मेरा विश्वास टूट गया, जीवन एक भयानक झूठ है, घृणा है, मुझे यह नहीं चाहिए।

सुभागी की आंखें आनंद ने एक बार तब देखी थीं, जब बांसी में वह वंती जीजी के साथ थी। उनमें तब जीवन की एक चंचल तरलता थी। उन आंखों में प्रतिज्ञा के स्वप्न थे, विश्वास के डोरे थे। दूसरी आंखें उसने रामनगर में देखी थीं, रामानंद के सामने। उनमें तब संघर्ष के आंसू थे, विद्रोह था, आस्था थी। उनमें एक ऐसे ज्वलित प्रकाश की लहरें थीं, जो धधकती हुई ज्वाला में होती हैं। लगता था, रामानंद जलता हुआ कोई यज्ञ-कुंड है और सुभागी विश्वस्त, निश्चित मौन, अपलक दृष्टि से उसे देख रही है और भरी हुई आंखों में अच्छे भविष्य की प्रतीक्षा कर रही है। उन्हीं आंखों को आनंद सिकन्दरपुर में देख रहा था। उनमें अब कुछ न था। आंखें जैसे, बस केवल आकार थीं, मात्र बाह्य इन्द्रिय थीं और उनमें सब

कुछ टूटकर नष्ट हो गया था।

रामनगर से चलकर, किसी तरह ढूंढते-ढूंढते आनंद जब सुभागी के उजड़े घर में प्रविष्ट हुआ, और सुभागी को पुकारा, उसे कोई उत्तर न मिला था। कुछ क्षणों के बाद उसने देखा था कि किसीने डर से चीखकर पास वाले कमरे को भीतर से एकाएक बंद कर लिया था।

"मैं आनंद हूं सुभागी!"

इस तरह आनंद ने कई बार कहा तब दरवाजा तो खुल गया था, लेकिन वह चुप थी। फिर अचानक वह आनंद की बांहों में आ सिमटी। आनंद को अपनी बांहों में जकड़े हुए वह निश्चेष्ट पलकों से उसे तक रही थी।

खाली घड़ा लिए हुए आनंद कुएं पर गया। उसके पास डोर न थी। घड़ा रखकर वह मिसिरी गोसांई के घर की ओर मुड़ा, तब तक उसने देखा, कोई औरत धड़ा-डोर लिए कुएं पर आ रही थी।

"के कर पहुना हया भइया?" औरत ने डोर देते हुए। आनंद से पूछा।

"सुभागी का...क्यों?"

"पुनि वोकरे घड़ा के पानी पीयब भइया!"

"क्यों, क्या बात है?"

"जा भइया! जे अपने पति कै जहर दै के भर डालिस, आप वो कर बात चलाइथै...राम-राम...छि:-छि: !"

आनंद ने घड़ा भर लिया, डोर को दायें हाथ में बटोरा और क्रोध से उसने औरत की ओर फेंक दिया। औरत झंझलाकर बड़बड़ाई। आनंद घड़ा लिए हुए चला गया।

सुभागी लगातार दो गिलास पानी पी गई, फिर उसने आंखें मूंद लीं

और थोड़ी ही देर के बाद वह सो गई। आनंद फिर मिसिरी गोसांई के घर गया और उनके साथ वह कुछ सीधा-पिसान, लकड़ी-तेल वगैरह लिए वापस लौटा।

चौके में उसने दूसरा चिराग जलाया। चूल्हा फूटा हुआ था। दो कच्ची ईंटों के बीच शायद किसीने कल-परसों आग जलाई थी, और वह उसी तरह पड़ा था। उसीपर दो ईंटें और जोड़कर आनंद भोजन बनाने की तैयारी करने लगा। मिसिरी गोसांई उसकी सहायता में पास ही बैठे थे।

"इस तरह से तो सुभागी आज ही कल में मर गई होती," आनंद ने कहा, और चौके में से वह निराश गोसांई की ओर देखने लगा।

"बबुआ, मैं क्या करता," उन्होंने उत्तर दिया, "ये किसी तरह मानती ही न थीं, न दाना न पानी, कहती थीं, "मुझे इसी रह रहने दो, मेरे घर में कोई मत आए', मुझे डांट बैठीं, फिर मैं क्या करता बबुआ!"

"और यातना दो! और सताओ!" आनंद ने धीरे से मंत्र की तरह कहा और वह चूल्हे की आग देखता रहा।

"बबुआ! मुझे भी क्या छोड़ा इन गांव वालों ने," गोसांई कहने लगे, "दो बीघे धान की हरी फसल काट गिराई। मेरा पुआल फूंक दिया; किसीसे कुछ रोता था, उलाहना देता था, उल्टे सभी ताने सुनाते थे कि तब तो खूब अच्छा लगा मुफ्त में सुभागी का घर-द्वार खेती-बारी लेते हुए, और गांव भर से खिलाफ चलकर उसका साथ देते हुए, अब उसीको बुलाओ न! कहां तक बताऊं बबुआ! मेरी गति बना दी इन सिकन्दरपुर वालों ने।"

"और आप उनकी चुपचाप सहते गए?" आनंद ने पूछा।

"और क्या करता बबुआ!" उन्होंने बताया, "चुप रहने पर तो खूंटे पर से ये गांव वाले मेरे बैल खोल देते थे और खेत में पड़ते ही लाठी

लेकर गालियां देते हुए दरवाजे पर पिल आते थे! क्या-क्या रोऊं बाबू! वह कितना अभागा है जो गांव में रहता है!"

"तुम अभागे नहीं हो गोसांई, ये गांव अभागे हैं।"

गोसांई चुप थे।

आनंद चुप रहा। चूल्हे की आग के सामने उसका चेहरा पूर्णतः तमतमाया हुआ था। पूरे शरीर पर जैसे नन्ही-नन्ही चीटियां रेंग रही थीं।

थाली में खाना परोसकर आनंद सुभागी के पास गया। उसे जगाया, हाथ-मुंह धुलाया और धीरे-धीरे उसे भोजन कराने लगा।

थोड़ा-सा ही भोजन करने के बाद सुभागी ने फिर एक गिलास पानी पिया और तुरंत पेट थामकर वह कराहने लगी।

पेट के दर्द से वह अंधी होने लगी। आनंद कपड़े से सेंकने लगा और धीरे-धीरे उसकी कराह में शांति आने लगी। फिर कुछ देर के बाद आनंद ने देखा, सुभागी की निस्तेज आंखें आंसुओं से भरती जा रही थीं।

अंधेरी रात थी। बाहर वातावरण में सन्नाटा था। लेकिन घर के वातावरण में, झींगुर, करकच्ची, मच्छर और सुराख बेवारों में बसे हुए कनतूतुर और मेढक सब अपनी-अपनी आवाजों से घर को भयानक बना रहे थे। आंगन-बरामदे और खुले हुए कमरों में चमगीदड़ों के बच्चे उड़ रहे थे और चारों ओर 'चींकी-चींकी' कर रहे थे। लगता था, सुभागी का वह घर, घर नहीं था; उस गांव में नहीं था, बल्कि वह सदियों का उजड़ा हुआ एक ऐसा खंडहर था, जो किसी वीरान टीले पर खड़ा था।

सुभागी लेटी पड़ी थी, आनंद सिरहाने बैठा था। कमरे का चिराग मंद पड़ गया था। सुभागी ने अपना दायां हाथ उठाया, आनंद

ने उसमें अपना दायां हाथ दे दिया। वह आनंद का हाथ उसी तरह थामे रुकी रहीं, फिर उसे धीरे-धीरे अपनी पीठ पर ले गई और वहीं उसे छोड़ दिया।

दो लम्बी-लम्बी रेखाओं में पीठ सूजी हुई थी। सुभागी कराहकर औंधी हो गई और उसने फिर आनंद के बायें हाथ को पकड़ा और उसे अपनी दाईं बांह पर ले जाकर उसने छोड़ दिया। वहां भी एक गोल सूजन थी।

यह सब तो बाह्य था, यह सब तहसीलदार और गांव की आत्मा के साक्षी थे। और अंतर में कितना था, कितने घाव थे?

आनंद द्रष्टा की तरह सोचता रहा। उसकी दृष्टि, सूने कमरे में चक्कर काटते हुए नन्हे चमगीदड़ के साथ दौड़ रही थी। वह उड़ता रहता, बार-बार सामने की दीवार से जैसे टकराता रहता, लेकिन फिर भी उसके नन्हे पर चक्कर काटते रहते। कमरे के कोनों में मकड़ी के घने जाले से वह लिपटता गया। फिर भी वह उड़ता रहा, चक्कर काटता रहा।

"बाबू !" सुभागी ने धीरे से पुकारा।

"हां, बोलो।"

सुभागी चुप हो गई।

"कहो तो मैं इस गांव में आग लगा दूं !" आनंद सुभागी को बांह से थामे आवेश में कहने लगा, "रामनगर की हवेली फूंक दूं, गला घोंट दूं उनका..."

"बाबू!" सूनी दृष्टि से देखती हुई सुभागी कांप गई और कोढ़ के अभिशाप की, मां द्वारा दी गई व्याख्या उसके मस्तिष्क में कौंध गई। उसने रामानंद को आग लगाने से रोका था... और आनंद...तो क्या आनंद भी...। सुभागी की आंखें निःशब्द रोने लगीं।

आनंद ने निमिष मात्र उसकी आंखों की भयानक उदासी को

देखा फिर उसके सिर को उसने अपने दामन में टेक लिया और सामने शून्य में देखता हुआ बह कहने लगा, "रोओ नहीं। सुभागी! ...मैं तुम्हारे एक-एक आंसू का प्रतिशोध ले सकता हूं ...लेकिन क्या इससे हमारी आत्मा को शांति मिल जाएगी? हमपर किए गए अत्याचारों के घाव मिट जाएंगे? पुरैना या सिकन्दरपुर अकेले ही गांव तो नहीं हैं और इनके क्रूर-कठोर-संकुचित-स्वार्थी वासिन्दे और रामनगर के तहसीलदार तो अकेले विश्वासघाती नहीं, बल्कि यहां के सारे गांव पुरैना-सिकन्दरपुर की तरह हैं, सबकी आत्माएं विषाक्त हैं। रामनगर भी असंख्य हैं...और तहसीलदार भी......रोओ नहीं सुभागी...धैर्य रखो...।"

आनंद ने उसके खुले हुए सिर को आंचल से ढक दिया, फिर उसे पहलू से लगाते हुए वह कहने लगा, "वे हमें न बदल सके, न मार सके, यही हमारा उन सबको जवाब है, प्रतिशोध है। और हमारा यही सात्विक प्रतिशोध उन्हें बदलने पर विवश करेगा। रोओ नहीं, मैं तुम्हारे साथ हूं; जो बीत चुका, तुम्हें हमेशा उससे घृणा थी; जो अभी बीता है, उसे भी बीत चुकने दो। इन सबको अपने पथ पर छोड़कर उठो! हम आगे बढ़ चलें, एक नये जीवन में, एक नये संकल्प और भविष्य में..."

कुछ क्षण आनंद चुपचाप उसी तरह शून्य में देखता हुआ अपने अंक से लगे हुए सुभागी के सिर को सहलाता रहा, फिर उसने धीरे से कहा, "सुभागी! ...ओ सुभागी! ......बोलो कुछ?"

"क्या कह रहे हो?" सुभागी ने सिसकते हुए कहा।

"मैं अकेला नहीं कह रहा हूं!" आनंद उसकी आंखों में देखता हुआ कहने लगा, मेरे इस कहने और तुम्हारे सुनने के पीछे जमुना, वंती जीजी, रामानंद, सुभागी और आनंद की शक्ति है, स्वप्न है, संकल्प है।"

चिराग बुझने जा रहा था, शायद उसका तेल जल चुका था। आनंद उठा। कड़ुए तेल से भरी हुई कटोरी ही में उसने एक नई बत्ती बनाकर डाल दी और उसे जला कर दूसरे ताक पर रख दिया।

बुझते हुए चिराग को उसने उठाया, क्षण भर देखा और उसे नीचे जमीन पर लुढ़का दिया।

आनंद सुभागी की खाट पर झुका हुआ उसकी चोट सेंक रहा था। सुभागी औंधी लेटी थी और वह अपनी बाईं कनपटी पर सिर मोड़कर आंसुओं में डूबी हुई दाईं आंख से आनंद को देख रही थी।

"मरते समय उन्होंने कहा था," सुभागी कराहती हुई कहने लगी, "मुझे ईश्वर ने नहीं, तहसीलदार ने मारा..."

"और!" आनंद ने पूछा।

"और उन्होंने कहा था कि तू न मरना सुभागी, नहीं तो हम लोगों का सत्य मर जाएगा।"

आग के ऊपर गर्म तवे पर आनंद कपड़े की पोटली रखे हुए उसे सेंक रहा था और उसका बायां हाथ सुभागी के सिर पर था।

आनंद कमरे के सन्नाटे में, सामने दृष्टि गड़ाए अपने अन्तःक्षितिज में देख रहा था। दीवार पर सुहाग की फटी चूनरी फैली है। ऊपर छत की मोटी शहतीर से तहसीलदार के दोनों पैर बंधे हैं और उनका मुंह नीचे शून्य में लटक रहा है। आंखें निकल आई हैं, मुंह से लार टपक रहा है और उसके बीच से एक आर्त्त चीख उभर रही है, 'मुझे मत मारो, छोड़ दो मुझे... ...छोड़ दो!!'

"कहीं कुछ जल रहा है!" सुभागी ने झटके से सिर उठाते हुए कहा। उसने देखा, तवे की आंच पर आनंद के हाथ की पोटली जलने लगी थी। सुभागी ने चीखकर उसकी दाईं हथेली को खींच लिया और उसे अपने अंक में छिपा लिया।

"हाथ जल गया न !"

"नहीं तो !" आनंद मुस्करा पड़ा।

"क्या सोच रहे थे ?...बताओ न ! ...बोलो !"

आनंद जलते हुए चिराग की लौ देखने लगा, "मैं कुछ सोच नहीं रहा था, देख रहा था।"

• • •